SV

Josef Winkler, den Indienfahrer (*Domra. Am Ufer des Ganges*, suhrkamp taschenbuch 3094), hat es diesmal nicht nach Varanasi zu den Einäscherungsstätten am heiligen Ganges, sondern nach Kalkutta verschlagen. Dort nimmt er uns mit auf seine Touren durch die Stadt – immer wieder hinein in das elektrisierende, bunt verwirrende Treiben auf dem großen Lebensmittelmarkt: leuchtendes Indien. Dann auch hier zum Einäscherungsort am heiligen Fluß (dem Hooghli). Schließlich zur herzzerreißenden Opferung vieler kleiner Ziegen. Darunter die Lieblingstiere von Kindern, die diese in Begleitung der Eltern heranführen, damit im finsteren Tempel die schwarze Göttin Kali ihr Blut trinken kann: dunkles Indien.

»Indiens wahnwitzige, zwischen Merkantilem und Spirituellem schwirrende Präsenz hält Winkler fest: in seinen mit blauer Tinte geschriebenen indischen Notizbüchern ...« (Peter von Becker, *Der Tagesspiegel*)

Josef Winkler, geboren 1953 in Kamering (Kärnten), lebt in Klagenfurt. 2008 erhielt er den Georg-Büchner-Preis. Zuletzt erschienen: *Laß dich heimgeigen, Vater, oder Den Tod ins Herz mir schreibe*, Roman (2018), und *Die Wutausbrüche der Engel* (st 4745).

Josef Winkler

Der Stadtschreiber
von Kalkutta

Suhrkamp

Erste Auflage 2019
suhrkamp taschenbuch 5014
Originalausgabe
© Suhrkamp Verlag Berlin 2019
Alle Rechte vorbehalten, insbesondere das
des öffentlichen Vortrags, der Übertragung durch Rundfunk
und Fernsehen sowie der Übersetzung, auch einzelner Teile.
Kein Teil des Werkes darf in irgendeiner Form
(durch Fotografie, Mikrofilm oder andere Verfahren)
ohne schriftliche Genehmigung des Verlages reproduziert
oder unter Verwendung elektronischer Systeme verarbeitet,
vervielfältigt oder verbreitet werden.
Umschlaggestaltung: Hermann Michels und Regina Göllner
unter Verwendung eines indischen Notizbuchs von Josef Winkler,
darauf abgebildet: Buchcover Harry Miller, *A Frog In My Soup*,
Penguin Books India, 1993, Coverfoto: Harry Miller.
Druck und Bindung: CPI, Ebner & Spiegel, Ulm
Printed in Germany
ISBN 978-3-518-47014-5

Ein Strauß
Zimtblumen

»So spähen wir, getröstet von der Wärme, genauer aus nach den armen Verstorbenen, die da verbrennen, ohne irgendjemanden zu belästigen. Nie, nirgends und zu keiner Stunde, in keinem Akt unseres ganzen indischen Aufenthaltes haben wir ein so tiefes Gefühl der Gemeinsamkeit, der Ruhe und, beinahe, der Freude empfunden.«
       Pier Paolo Pasolini, »Der Atem Indiens«

»Abfahrt. Mutter hat geweint. Auch ich weinte zu Hause. Die Jungs empfingen mich lauthals am Bahnhof ... Ich hatte kein Reisefieber. Doch seit einigen Tagen tut es mir wirklich leid, daß ich abreisen muß«, schreibt im November 1928 der 22jährige zukünftig berühmte Religionswissenschaftler und Schriftsteller Mircea Eliade als erste Notiz in sein »Indisches Tagebuch, Reisenotizen 1928 – 1931«. Es ist mittlerweile elf Jahre her, ich hatte versprochen für einen Monat nach Indien zu kommen. Eingeladen hatte mich das Goethe-Institut im Jahre 2006, als auf der Frankfurter Buchmesse der Schwerpunkt »Indien« angesagt war. Sechs Schriftsteller aus dem deutschen Sprachraum wurden in verschiedene Städte nach Indien, sechs indische Schriftsteller wurden nach Deutschland eingeladen. Zuerst schlug man mir Pune vor, ich wollte aber unbedingt ins mir damals noch völlig unbekannte Kalkutta. Als es dann soweit war, tat es auch mir leid abzureisen und einen Monat lang wegzubleiben von den Kindern, Siri war erst 4 Jahre, Kasimir 11 Jahre alt, aber es war zu spät. Das Flugzeug der British Airways von London nach Kalkutta hatte bereits abgehoben. Ich war auch verzweifelt und wütend, weil ich meinen parfumlosen französischen Rasierschaum, den ich in meinem Handgepäck hatte, in London abgeben mußte, mir graute vor anderen auf meiner Gesichtshaut brennenden, parfümierten Rasiermitteln. In meiner Verzweiflung überlegte ich mir, ob ich einer Stewardeß in ihren dicken Oberarm beißen sollte, damit man das Flugzeug stoppen und mich abführen, ins Leben zurückbringen würde, wie ich in diesem Augenblick glaubte, aber ich wollte kein Aufsehen erregen und begann, zurückgefallen in eine Kindheitsangst, mit leisem, weinerlichem Kichern, gleichzeitig süffisantem Lächeln und mir selber in den Daumen beißend, das erbarmungswürdige Schutzengelmein zu beten, »... laß mich

dir empfohlen sein, steh in jeder Not mir bei …« *»Nein, mein Gott ist Jahwe. Ich kenne ihn nicht und möchte nicht, daß er mich kennt. Er ist nachtragend und vergibt erst am Jüngsten Tag. Er zeigt sich mir nicht, weil er mich vernichten würde«*, steht im »Indischen Tagebuch« von Mircea Eliade.

Angekommen in Kalkutta wurde ich in einem Restaurant zu einem luxuriösen Abendessen für einen indischen Schriftsteller eingeladen, an dem mehr als zehn Gäste teilnahmen. Zu später Stunde beim allgemeinen Lob des Essens beeindruckte mich ein deutscher Korrespondent, der schon seit Jahrzehnten in Indien weilte und seine Berichte in der »Frankfurter Allgemeinen« veröffentlichte, als er mir zuflüsterte: »Ob das Essen wirklich gut ist, werden wir erst am nächsten Tag erfahren!« Nachdem ich das Restaurant verlassen hatte, bezog ich um Mitternacht mein Zimmer im Hotel »Bengali Club« und verkroch mich in der nach Chlor riechenden weißen Bettwäsche. Bereits am frühen Morgen wurde ich von den Krähen und den ständig hupenden Autos und Motorrädern geweckt. *»Drei Raben wecken mich in der Früh. In der Nacht weckten mich dagegen die unsichtbaren Mücken, das schnurrende Geräusch des Ventilators und das bleiche Licht an der Decke, das vom Korridor und aus den Nachbarzimmern kam«*, steht im »Indischen Tagebuch« von Mircea Eliade. Ein Dienerjunge brachte mir eine Kanne Darjeeling-Tee, Toast, Butter und Orangenmarmelade, das tägliche Frühstück, das er mir einen Monat lang jeden Morgen auf meinen Zimmertisch stellen sollte. Wenn ich mich im Hotel aufhielt, saß er immerzu auf einem Schemel vor meinem Zimmer. Öffnete ich die Tür, erhob er sich, faltete seine Hände und flüsterte schüchtern: »Namasté!« Täglich wechselte er meine Bettwäsche, reichte mir frische Handtücher und desinfizierte das Bad. Manchmal stand er Hand in

Hand mit einem anderen jungen Hoteldiener an der Treppe und blickte mir nach, wenn ich die verschlungene Hoteltreppe hinuntertrippelte und zur Tür hinaus auf die Straße ging. Es war Monsunzeit, September. Als einmal die Straße vor dem Hotel hüfttief unter Wasser stand und ich meine zwei abendlichen indischen Kingfisher-Biere vom Getränkeshop von der anderen Straßenseite holen wollte, verbat er mir, das Hotel im strömenden Regen zu verlassen. Vom Fenster aus sah ich, wie er, mit den beiden Bierflaschen in den hoch erhobenen Händen durch das tiefe Wasser watete.

Mit meiner Pelikan-Füllfeder und mit meinem Notizbuch, auf dem ein plitschnasser indischer Knabe am Ufer des Meeres abgebildet war, der keck lachend zwischen mehreren über und über mit gelben und orangefarbenen Blumengirlanden behängten Ganeshas, Statuen des indischen Elefantengotts, hockt, ging ich kreuz und quer durch die Straßen von Kalkutta und begann meine Beobachtungen aufzuschreiben, bis ich am späten Nachmittag wieder ins Hotel »Bengali Club« zurückkehrte und mir der junge, Bengali sprechende Diener eine Kanne Darjeeling-Tee und einen Teller mit Pistazien bestreuter indischer Gewürzkekse brachte, »Naan Khatai« genannt, worauf ich mich ein, zwei Stunden ausruhte, bevor ich wieder aufbrach und in die Stadt ging auf der Suche nach Bildern und Geschichten. Am zweiten oder dritten Tag stellte ich mich nach einer unerwartet aufkommenden Angst und dem Gefühl schrecklicher Einsamkeit immer wieder ans Hotelfenster und überlegte mir, ob ich nicht auf das Glasdach hinunterspringen, mich verblutend einigeln sollte in die ringsum spritzenden Glassplitter, hörte das Schreien der Krähen, das Hupen der Autos und Motorräder, das Schreien der Kinder in der Bengalisprache, bis ich schließlich in meiner Not meinen Arzt in

Österreich anrief, der mir empfahl, in eine Apotheke zu gehen und das homöopathische Medikament »Aurum metallicum C 1000« zu kaufen und drei Kügelchen einzunehmen, nicht mehr. Von zu Hause erfuhr ich, daß sich die vierjährige Siri jeden Tag in mein Bett legte und jammerte: »Der Papa soll kommen!« Als Mircea Eliade Ceylon verließ, das heutige Sri Lanka, wo seine Reise durch den indischen Subkontinent begonnen hatte, und nach Kerala reiste, schrieb er in sein Tagebuch: »*Dir wird auf einmal klar, daß du gehst, daß du abreist, daß du dich möglicherweise für immer von dem schönsten Ort trennst, den du je zu Gesicht bekommen hast – und dann offenbart sich dir dieser gottverlassene Winkel in seiner gesamten Trostlosigkeit, die Strände sind noch öder und trauriger, die Fischerhütten noch mehr von Armut entstellt. Du fühlst eine schreckliche Einsamkeit.*«

Aurum metallicum, heißt es in der Medikamentenbeschreibung, ist ein homöopathisches Heilmittel, das euphorisierend, gegen Depressionen und Selbstmordgefühle wirkt. Unweit des Hotels »Bengali Club« befand sich die homöopathische Apotheke »Murli Medical Hall« in der Stuart Lane. Ich bestellte das Medikament, indem ich einen Zettel mit meinen Wünschen in einen Korb legte. Der Korb wurde mit einem Strick ins obere Stockwerk gezogen, wo die Medizin präpariert wurde. Nachdem ich eine Zeitlang mit meinem Notizbuch durch die Straßen gegangen war, kehrte ich in dem Moment in die Apotheke »Murli« zurück, als das Körbchen mit dem fertigen Medikament zur Verkaufstheke heruntergelassen wurde. Ich ging ins Hotel »Bengali Club«, schlich wie ein Geheimnisträger mit der Aurum-Phiole an meinem vor der Zimmertür sitzenden Diener vorbei, setzte mich im Hotelzimmer auf den Diwan und ließ drei Kügelchen Aurum metallicum auf der

Zunge zergehen. Sofort hatte ich in meiner Einbildung das Gefühl, daß ein warmer Blitz durch meinen Körper fährt, ich beruhigte mich schnell und fühlte mich beglückt, ich war wieder voller Hoffnung. Es war meine Rettung, der Glaube meines kindlichen, seligen Schutzengels, der nachtragend ist und mich vernichten wollte, hatte mir nun mit einem einzigen, strafenden Fingerzeig geholfen. Ich hatte keine Angst mehr, weder vor den Engeln noch vor den Teufeln. Ich stand auf, nahm Füllfeder und Notizbuch und ging in die Stadt.

Tag für Tag verließ ich nach dem Frühstück den »Bengali Club« und ging auf der Suche nach Motiven durch Kalkutta, blieb da und dort am Straßenrand stehen und notierte ausführlich mit blauer Tinte aus einem indischen Tintenfaß, auf dem ein Pfau abgebildet ist, der seine Federn fächerförmig ausgebreitet hat, die Natura-morta-Beobachtungen meiner Stielaugen: Vor einem schmiedeeisernen Tor stieß ich auf einen Mann, der es mit einem Stoffetzen und den bloßen Händen so lange versilberte, bis er selber von Kopf bis Fuß voller Silber war, einer lebenden Statue glich. Ich fuhr zum Nimtala Ghat, wo am Ufer des heiligen Flusses Hooghli die Toten von der Berufsgruppe der »Dom« eingeäschert werden, und beschrieb Einzelheiten der hinduistischen Bestattungen. Auf einem mit Blumen überladenen Bett wurde eine verstorbene alte Frau mit Hilfe zweier unter das Bett geschobener Bambusstangen zum Einäscherungsplatz getragen. Auf dem Kopf und auf den Füßen der Toten lagen Kränze mit weißen Rosenblüten. An den vier Bettenden hingen neben mehreren brennenden Räucherstäbchen vier Bündel weißer Lilien mit den Köpfen nach unten. Ein spindeldürrer, mit Asche von den Toten beschmierter, Marihuana rauchender Sadhu sammelte drei leere Dosen auf, in denen Butterschmalz war, das bei den Einäscherungsritualen verwendet wurde.

Beim Nimtala Ghat in Kolkata am Einäscherungsplatz mit aufgeschlagenem Notizbuch vor den brennenden Scheiterhaufen sitzend, erinnerte ich mich an meine langen Aufenthalte in der heiligen Stadt Varanasi, am Ufer der Ganga. Nach langer Pilgerschaft in Varanasi anzukommen, sich dort den vorgeschriebenen Umwandlungen, Waschungen und Riten zu unterziehen und schließlich selig zu sterben ist das Lebensziel eines gläubigen Hindu. Monatelang ging ich Tag für Tag am späten Nachmittag vom Hotel Ganges View am Assi Ghat das Ufer der Ganga entlang zum Harishchandra Ghat, zum Einäscherungsplatz, setzte mich auf einen Stein und beobachtete das Treiben auf diesem Platz des Todes und des Lebens. Die Prozession des Lebens, heißt es bei der Indologin Diana L. Eck, beinhaltet auch die Prozession des Todes. In Varanasi wird der Tod weder geleugnet noch gefürchtet, sondern als lang erwarteter Gast willkommen geheißen. Ewig wird mir das Bild in Erinnerung bleiben, wie der Leichnam eines Kindsmörders von einem empörten uniformierten Mann an einem Strick über die Steinstiege des Harishchandra Ghat, zum Einäscherungsplatz hinuntergezogen wurde. Kopf und Hüften des Mörders waren mit einem Tuch umschlungen, die übrigen Körperteile waren nackt. Sein Oberkörper war aufgeschnitten und nur mit wenigen Stichen zusammengenäht worden, so daß man in den Lücken der Chirurgennähte die grauen Eingeweide herausschimmern sah. Während er am Strick, der an seinen Fußknöcheln befestigt worden war, am ewig brennenden Feuer vorbei entlang über die Steinstiege hinuntergezogen wurde, schlug sein Hinterkopf immer wieder hart auf die steinernen Stiegenkanten. Blut sickerte aus der Schußwunde am Kopf, aus Mund und Nasenlöchern. Schließlich wurde ihm kein Einäscherungszeremoniell zuteil, der menschliche

Kadaver wurde mit einem Boot in die Flußmitte hinausgerudert und ohne hinduistischen Ritus in die Fluten geworfen. Einmal sah ich den kleinen Sohn eines Dom mit einem orangefarbenen Punkt auf der Stirn, der vergeblich hinter einem hochsteigenden Papierdrachen hergelaufen war, wie er sein Glied aus seiner zerrissenen, kohlebeschmutzten Hose holte und in die hochlodernden Flammen des Scheiterhaufens urinierte, wo der Leichnam verbrannte. Ein andermal beobachtete ich, wie sich vier, fünf Männer, die ein rituelles Bad im Ganges genommen und ihre Hüften mit rotweiß karierten Tüchern bedeckt hatten, plaudernd und Bidis rauchend vor dem brennenden Scheiterhaufen aufreihten und ihre nassen und löchrigen Unterhosen zum Trocknen über die hochstechenden Flammen der verbrennenden Toten hielten. Ein bloßfüßiger, nur mit einem Lendenschurz bekleideter, halbwüchsiger Knabe übergab einem Mann ein Bündel brennender Sandelholzräucherstäbchen, der vor dem Leichnam des kleinen, von Kopf bis Fuß in ein dünnes weißes Baumwolltuch eingewickelten ermordeten Mädchens hockte. Er öffnete auf der Brust des Kindes den Knoten des Baumwolltuchs und entblößte das Gesicht des Mädchens. Am rechten Nasenflügel und am rechten Ohrläppchen trug das Kind, das weit aufgerissene Augen hatte, einen vergoldeten Ring. Der weinende und laut schluchzende Vater, der mit seinem Handrücken einen im seichten Flußufer liegenden leblosen Hahn zur Seite geschoben hatte, träufelte das heilige Gangeswasser in die Nasenlöcher, in die Ohren und in den Mund seiner kleinen Tochter, die schließlich mit einem Hanfstrick mit Rosenblüten auf einen schweren, flachen Stein gebunden, von mehreren Männern in die Flußmitte hinausgerudert, mit Gebeten und mit brennenden, bis ans Ufer duftenden Räucherstäbchen im Ganges bestattet wurde. Die am Flußufer im heißen Sand herumliegenden Papierfetzen der Kindertotenscheine, auf denen mit verschiedenen Unterschriften die Geburts- und Sterbedaten der Kinder standen, sammelte ich vom Boden auf und klebte sie in mein rotes Notizbuch, auf dem ein lachender indischer Junge abgebildet war, auf dessen Kopf, sich ängstlich aneinanderschmiegend, drei junge Lemuren, die »Schattengeister der Verstorbenen« genannt werden, mit ihren kugelrunden, glänzenden Augen festkrallten.

In Kalkutta ging ich immer wieder, mit meinem Schreibwerkzeug in der Hand, zum nahe gelegenen New Market durch die Fleisch- und Fischstände, durch die Gemüse- und Südfrüchtestände. In einem Bastkorb standen zwei weiße Hähne mit sichelförmigem Schwanz, rotgezackten, durchscheinenden, in die Höhe stehenden Kämmen, die bei jeder ihrer Bewegungen gummiartig zur Seite kippten. Auf dem Gestänge der Marktüberdachung wartende Krähen flogen auf einen Fleischstand zu, setzten sich, die Krallen voraus, auf den Rand des Einfülltrichters der Faschiermaschine und beugten sich mit dem Schnabel über die fleischverstopfte Lochscheibe. Ich beobachtete die ausgemergelten, immerzu nassen, hustenden Wasserträger, die mit ihren handgenähten, bauchigen Ziegenlederbälgen den ganzen Tag über frisches Brunnenwasser ins Marktgelände hineintrugen. Ich begleitete die German Doctors in den Slums von Kalkutta und sah eine über und über mit Marygoldgirlanden geschmückte verwirrte Frau, die den Patienten gnädig Einlaß in die Hütte der Ärztinnen gewährte. In einer kleinen, armseligen Hütte, in der ständig ein kleiner Farbfernseher lief, entbündelte ein Mann einen Stoß Fischwirbelsäulen, an denen noch die Fischköpfe hingen, und steckte sie in einen Topf mit kochendem Wasser. Eine vor der offenen Feuerstelle hockende Frau wendete die gelben, in einer Pfanne mit Öl und Knoblauch brutzelnden Hühnerkrallen. Im Kalighat-Tempel war ich beim Zickleinopfer dabei, wo zum Glück und Wohlergehen der Familien der schwarzen, dreiäugigen Göttin Kali, die eine Kette mit Totenköpfen um den Hals trägt und auf Leichen tanzend mit herausgestreckter Zunge dargestellt wird, jeden Samstagvormittag zwanzig, dreißig Zicklein geopfert werden. Ein Mann zerschlug eine braune Kokosnuß und träufelte, ein Gebet auf Bengali sprechend, die herausrinnende Kokosmilch aufs Schafott. Eine Frau schob ihren Kopf zwischen die Eisengabeln, in die der Kopf des Zickleins gesteckt worden war, und schmierte sich betend das noch warme Blut des Tiers ins Haar. »*Immer wieder der gleiche Ausruf im Gedränge, das auf den Gassen entsteht, die zum Haupttempel führen:* ›*Duurga! ... Duurga! ...* ‹«, schreibt Mircea Eliade in seinem »Indischen Tagebuch«. »*Die Menschen warten mit ihren Blumen und Fettopfern in der glühenden Sonne, bis sie schließlich ins Heiligtum hineinströmen. Die zerdrückten Opfergaben türmen sich zu Füßen der Göttin, die ich jedoch in der Dunkelheit des überfüllten Tempels nicht erkennen kann. Man dringt nicht einmal bis zur Wand vor. Ich mache einen Umweg und gelange zum Portikus, wo Ziegenböcke geopfert werden, und zwar zweitausend am Tag, da ja Puja ist.*«

Schließlich kam, nach so manchen Tagen »schrecklicher Einsamkeit«, wie Mircea Eliade sie in seinem »Indischen Tagebuch« beschreibt, der Tag meiner Abreise aus Kalkutta. Meine vier vollgeschriebenen Notizbücher hatte ich nach und nach im Goethe-Institut, im sogenannten »Max Mueller Bhavan« kopiert, und die Kopien vorsichtshalber der Praktikantin Dorothea überlassen, die einmal, so erzählte sie mir, bei Monsun von ihrer Wohnung durch die überfluteten Straßen watend zur Arbeit gegangen sei, wobei ihr das Wasser bis zu den Hüften gereicht habe. Ich hätte es nicht überlebt, wenn meine Kalkutta-Tagebücher verlorengegangen wären. Die abertausend Eindrücke und kleinen Beobachtungen hätten mich noch im nachhinein erdrückt, und ich hätte, da ich mir die Einzelheiten nicht merken kann, das schreckliche Gefühl gehabt, ganz und gar umsonst mutterseelenallein in Kalkutta gewesen zu sein. Beim Verlust dieser Reisetagebücher wäre ich nach Kalkutta zurückgekehrt und hätte mich mit Hilfe meines nachtragenden, erbarmungslosen Schutzengels aus dem Fenster des Hotels »Bengali Club« auf ein Glasdach in den Tod hineingesplittert, es sei denn, ich hätte beim Abflug aus London der Stewardeß der British Airways in den Oberarm gebissen.

Mehrere Tage vor der Abreise aus Kalkutta hatte ich ein paar handbestickte indische Schals gekauft, die mich durch die folgenden Winter im kalten Österreich begleiten sollten. Ich packte schließlich meinen Koffer, der junge Hoteldiener im »Bengali Club« weinte, das Taxi mit dem Chauffeur Islam wartete. Ich kam frühzeitig auf dem »Netaji Subhash Chandra Bose – International Airport« an. Und als ich, eingewickelt in einen weinroten indischen Schal, die Bordkarten in der Hand hatte, begann ich vor Sehnsucht und Freude, die Kinder wiederzusehen, bitterlich zu weinen und wartete auf den Abflug nach London. Ich war erlöst und gleichzeitig traurig, die Stadt Kalkutta mit ihrem lauten Leben und Treiben, den New Market, den Einäscherungsplatz am Nimtala Ghat, den Kalighat Tempel mit den Zickleinopfer und das Hotel »Bengali Club« mit dem ersten und wohl letzten jungen Diener meines Lebens verlassen zu müssen. Ich wußte, daß dieser eine Monat mir mehr bedeuten würde als viele Jahre meines Lebens in Österreich. Mein indisches Tintenfaß, auf dem ein Pfau abgebildet war, der seine Federn mit den blau irisierenden Augen fächerförmig ausgebreitet hat, mußte ich beim Check-in abgeben, die wenige blaue Flüssigkeit war dem Flughafenpersonal unheimlich. Ich kratzte das Pfauenbild vom halbleeren Tintenfaß und legte es in eines meiner mit tausenden kleinen Beobachtungen versehenen Notizbücher, die ich in meinem Handgepäck verbarg und beim Rückflug ständig an meine Brust drückte. »*Als du den Garten verläßt*«, schreibt Mircea Eliade in seinem »Indischen Tagebuch«, »*und in die Rikscha steigst – dir kamen so viele neue nostalgische Gedanken, erweckt durch die Stille des Gartens –, läuft ein Mädchen von der benachbarten Schule herbei und bietet dir mit ihrem reinen Lächeln einen Strauß von Zimtblumen und einen englischen Prospekt an. Was tun mit all diesen Blumen, die in die Sinne einfallen, sie vergewaltigen und ermüden? Steck sie in die Taschen, presse sie ins Notizheft, in das du stolzer Europäer alle deine Impressionen zu verzeichnen vorhattest – bedanke dich schön und geh.*«

Der Stadtschreiber
von Kalkutta

»Große Schreie verbreiten sich in der Luft, und mächtige schwarze Aasgeier fegen über die Köpfe der Korsos. Niemand achtet auf sie. Die unheimlichen, fürchterlichen Vögel jagen wie schwarze Tücher durch die Luft, die Erde und das Meer anschreiend. Die finstern Vögel stürzen fort, ihr Flug ist wie ein Umsichhauen großer schwarzer Sensen.«

Max Dauthendey, »Lingam«

AN DEN VIER ENDEN DES TOTENBETTES
HÄNGEN NEBEN MEHREREN BRENNENDEN
RÄUCHERSTÄBCHEN VIER BÜNDEL
WEISSER LILIEN MIT DEN KÖPFEN NACH
UNTEN. ALS DIE GEBETE MURMELNDEN
ANGEHÖRIGEN SICH VON DER VERSTORBENEN
VERABSCHIEDEN UND IHREN KOPF BERÜHRT
HABEN, FASSEN EIN PAAR MÄNNER DAS
TUCH, AUF DEM DIE TOTE LIEGT, AN DEN
VIER ENDEN UND HEBEN DEN IN EIN WEISSES
KLEID GEHÜLLTEN KÖRPER AUF DEN
SCHEITERHAUFEN.

»*Ich flüchte auf die Allee, die entlang des Flusses zu jenem Ghat führt, wo Leichname verbrannt werden. Eine Mutter wartet auf Brennholz für ihr totes Kind. Eine andere ›Grabstätte‹ hat gerade den Körper eines wohlbekannten Händlers von Shambasar verschlungen. Jemand aus der Familie stochert in den noch glimmenden Kohlen herum und entdeckt Knochen, die noch zur Hälfte weiß sind.*«

MIT DEM CHAUFFEUR ISLAM und der Praktikantin vom Max Mueller Bhavan, Dorothea, fahren wir zum Nimtala-Ghat, wo am Ufer des heiligen Flusses Hooghli von den *Dom* die Toten eingeäschert werden. Ein fünfzehnjähriges Mädchen, das im Hooghli gebadet und sich gewaschen hat, schlüpft unter den Schranken eines Bahnübergangs durch und wringt unter den kecken Zurufen junger Männer lachend ein Tuch aus. Die jungen Männer schauen auf ihren prallen Hintern, an dem das nasse, durchsichtige Kleidungsstück klebt. Der ein blauweiß kariertes Tuch um seine Hüften tragende, am Straßenrand neben den Zugschienen hockende Schirmflicker, mit einer rauchenden Bidi im Mund, repariert das feingliedrige Schirmgerüst mit seinem rostigen Werkzeug. Der Knauf des Schirms liegt lose auf dem Asphalt. Aus seiner Plastiktasche nimmt er neue silberne Stäbchen, steckt sie ins Gerüst und wirft die kaputten und verbogenen Stäbe auf die Schienen. Am Straßenrand kreuzt ein Mann, der zwei zusammengebundene Lastwagenreifen neben sich her rollt, den Weg eines anderen, einen Bastkorb voll Bananen auf dem Kopf tragenden Mannes. Der Bastkorb ist mit einem grobmaschigen Netz abgedeckt. Begleitet von der Polizei mit Sirene fährt ein Auto mit einem hohen, verglasten Anhänger, in dem in einem karg geschmückten, offenen Sarg ein toter Mann liegt, Richtung Nimtala-Ghat, zum Einäscherungsplatz.

Der Berufsgruppe der *Dom*, die in Indien zur Kaste der Unberührbaren gehört, unterstehen in Kalkutta die Verbrennungsstätten am Ufer des Hooghli. Die Dom verkaufen Holz, nehmen für jeden Leichnam, der eingeäschert wird, eine Gebühr ein und hüten das ewig brennende heilige Feuer, von dem alle Scheiterhaufen angezündet werden. Vor dem Einäscherungsplatz, in einer Halle, liegen auf Betten mehrere verstorbene Frauen und Männer, die über und über mit Blumen geschmückt sind. Auf einem Bett, halb zugedeckt mit weißen Rosenblütenkränzen, liegt mit entblößtem Gesicht ein alter Mann. Auf seiner Brust liegt seine Hornbrille und auf seinen Beinen ein schwarzer, halbzerfledderter Regenschirm. Am Einäscherungsplatz, der sich hinter der offenen Aufbahrungshalle direkt am Ufer des Flusses befindet, steht ein aus einem Bambusgestänge bestehendes, mit gelben Tagetesgirlanden geschmücktes Bett, auf dem ein alter, Augengläser tragender Mann mit bleierner Gesichtsfarbe liegt, der von sechs immer wieder »Ram Nam Satya hai!« rufenden Männern den Hügel hinunter ans Flußufer getragen wird. Ein Träger schüttet aus einem braunen Tonkrug das heilige Wasser des Hooghli auf den mit gelben Tagetesgirlanden geschmückten Toten. Unmittelbar neben dem Toten, der mitsamt dem Bett in den Fluß eingetaucht wird, waschen Männer, die zur Seite rücken, um dem Leichnam Platz zu machen, ihre Kleider und seifen ihre löchrigen, von Motten zerfressenen Unterleibchen ein. Die Angehörigen des Toten, immer wieder »Ram Nam!« rufend, heben das vom Wasser noch schwerer gewordene Bett mit dem Verstorbenen auf und tragen es über den Hügel zum Einäscherungsplatz, auf dem mehrere Scheiterhaufen brennen. Auch ein kleiner Junge faßt das Bambusgestänge des schweren Totenbetts an, von dem Flußwasser plätschert, und hilft den Männern beim Tragen. Immer wieder hört man die Schreie der Krähen und das Lachen der ihre Kleider waschenden und im Fluß badenden und pritschelnden Kinder.

Auf dem Einäscherungsplatz des Nimtala Ghat, auf dem vier Scheiterhaufen brennen, befinden sich zwei große, dicke Betonschirme, die oben zum Schutz vor Krähen mit spitzen Glasstücken besteckt sind. Trotzdem drängen sich da und dort zwischen den Scherben mehrere Krähen. Zwei Ziegen fressen zwischen den brennenden Scheiterhaufen herumliegende orangefarbene Tagetesgirlanden und Rosenblüten. Einer bedächtig vor sich hin kauenden Ziege hängt eine immer kürzer werdende Blumengirlande aus dem Maul. Mehrere orangefarben gekleidete Sadhus sitzen unter einem Betonschirm, rauchen eine Pfeife mit Marihuana, die sie von Mann zu Mann reichen, und rufen immer wieder »Om Nama Shivai!«. Von den immer noch mit Blumen geschmückten, leeren Betten, auf denen die Toten lagen, fressen schwarze Ziegen weinrote Rosenblütenblätter und Tagetesblüten, die sogenannten »Marygold«. Hinter den drei, vier Meter hochstechenden, orangefarbenen Flammen eines Scheiterhaufens sieht man an der Wand der Aufbahrungshalle lehnende lange, dicke Schilfbündel. Ein junger Dom, der eine knielange Hose mit Drachenmuster trägt und an seinem Oberarm eine Sonne eintätowiert hat, legt mehrere dünne Holzprügel auf den Kopf eines brennenden Toten. Er reißt mit einer angekohlten Baumbusstange den Scheiterhaufen auseinander, der brennende Tote rutscht tiefer in die Glut hinein. Im Nu ist der ganze Körper angekohlt, man sieht brutzelndes Fleisch und kochendes Blut. Als ein anderer Junge ein zweites Paket Räucherstäbchen in den brennenden Scheiterhaufen hineinstecken möchte, reißt ihm ein herumlungernder Bub die Sandelholzräucherstäbchen, bevor sie den Scheiterhaufen und das unrein gewordene Feuer berühren konnten, aus der Hand und läuft damit in eine Straße hinein. Der junge Mann, von der Berufsgruppe der Dom, die die Toten am Nimtala Ghat einäschern, klopft auf den Deckel einer Butterschmalzdose, hebt den Verschluß ab und schüttet das Ghee auf den brennenden Toten. Sofort stechen orangegelbe Flammen in die Höhe, der Scheiterhaufen brennt lichterloh. Den Rest des Butterschmalzes schüttet er auf den Scheiterhaufen, klopft die Dose auf einem angekohlten Stück Holz leer und wirft sie zur Seite. Schon kommt ein spindeldürrer, mit Asche von den Toten beschmierter, Marihuana rauchender Sadhu und sammelt drei leere Butterschmalzdosen auf, aber der junge Räucherstäbchendieb ist wieder zur Stelle und reißt dem hilflosen, alten Mann die leeren Blechdosen aus den Händen. Zufrieden, ständig auf den brennenden Scheiterhaufen schauend, kaut die braune Ziege am gelben Marygoldkranz. Mit einer langen Bambusstange baut der Dom den Scheiterhaufen neu auf, schiebt den inzwischen armlos gewordenen Torso des Toten zur Seite, gabelt geschickt die angekohlten Holzknittel, die er beiseite geworfen hatte, wieder auf den Scheiterhaufen und bugsiert den mehr und mehr verkohlenden Leichnam wieder obendrauf. Als das Feuer zur Gänze niedergebrannt ist, bündelt der Angehörige des Toten die Knochenreste, Asche und schwarze Holzkohlestücke in einen Jutefetzen, trägt die sterblichen Überreste zum Ufer des Hooghli und schüttet sie zwischen den badenden Kindern in den heiligen Fluß. Holzkohlestücke schwimmen zwischen Seifenschaum, orangefarbenen Marygoldblüten und weinroten Rosenblütenblättern. Sofort suchen ihre Kleider waschende Frauen und Männer an der Stelle, wo die Überreste des Toten aus dem Jutefetzen geschüttet worden sind, nach Wertgegenständen, sie befühlen im braungrauen Wasser mit ihren nackten Füßen das am Grunde des Flusses liegende Material. Der nasse Jutefetzen, in dem die Asche des Toten lag, wird auf einen Abfallhaufen geworfen. Dreißig, vierzig Meter entfernt tuckert mit schwarzen Rauchschwaden ein großes Boot vorbei.

Da ein Scheiterhaufen kein Feuer fangen will, nimmt ein Dom ein langes, dickes, an der Wand des elektrischen Krematoriums lehnendes Bündel weißtrockenes Schilf, knickt die erdig eingetrockneten Schilfwurzeln ab und schiebt das ganze Bündel zwischen die großen, am Grunde des Scheiterhaufens liegenden Holzprügel. Von unten stechen breite, große orangefarbene Flammen auf. Eine der vier auf dem Scheiterhaufen liegenden Kokosnüsse rollt auf den Boden. Der Dom hebt die heiße braune Kokosnuß mit bloßen Händen auf, läßt sie vor Schmerz fallen und beißt sich, im Kreis tanzend, in seine verbrannten Finger, versucht es noch einmal und steckt die angekohlte, leicht rauchende Kokosnuß zwischen zwei Holzprügel. Als er eine Zeitlang mit der Bambusstange gestochert hat, zieht er mit seinen bloßen Händen die stark rauchenden, die Flammen erstickenden Kleiderfetzen vom Leib der Toten aus dem Scheiterhaufen. Erst als der ein Lied auf Bengali singende Dom mehrere Hände Sandelholzpulver in den unteren Bereich des Holzaufbaus pfeffert, erfassen die Flammen das Holz, und der Scheiterhaufen beginnt laut knisternd zu brennen. Eine Krähe fliegt durch den beißenden Rauch, Ascheflocken wirbeln durch die Luft. Immer wieder hört man das Meckern einer Ziege, wie Holzprügel für eine neue Feuerstelle übereinandergeworfen werden, die Schreie der Krähen. Ängstlich in einen Zipfel ihres Saris beißend, nähert sich eine Frau dem Scheiterhaufen, dreht sich aber schnell wieder um und zieht sich ans Flußufer zurück. Die Werbung für Unterwäsche – »Lux cozi« – steht auf einer großen Werbetafel eines vorbeifahrenden Passagierboots. Alle Insassen, die sich im Boot erhoben haben, starren gebannt aufs Burningghat. Mehrere Angehörige des verbrennenden Toten sitzen um mich herum, schauen neugierig auf meine Füllfeder und auf mein Notizbuch, auf dem ein am Ufer des Meeres keck lachender, nasser Junge abgebildet ist, der zwischen mehreren über und über mit Blumengirlanden geschmückten Ganeshas hockt. Alle sind wir umnebelt von durch die Luft fliegenden Aschepartikeln. Verloren dreht sich der ein orangefarbenes Tuch um seine Stirn tragende Marihuana rauchende Sadhu im Kreis. Ohne sich umzusehen wirft ein glatzköpfiger Mann bei der ersten Feuerstelle einen mit dem heiligen Wasser des Hooghli gefüllten Tonkrug über seine Schulter auf den niedergebrannten Scheiterhaufen und verläßt den Verbrennungsplatz.

Von weitem hört man wieder den Ruf von mehreren Männern: »Ram Nam Satya hai!« Auf einem mit Blumen überladenen Bett wird eine verstorbene alte Frau mit Hilfe zweier unter das Bett geschobener Bambusstangen zum Einäscherungsplatz getragen. Auf dem Kopf und auf den Füßen der Toten liegen Kränze mit weißen Rosenblüten. An den vier Bettenden hängen neben brennenden Räucherstäbchen vier Bündel weißer Lilien mit den Köpfen nach unten. Als die Gebete murmelnden Angehörigen sich von der Verstorbenen verabschiedet und ihren Kopf berührt haben, fassen ein paar Männer das Tuch an den vier Enden und heben den in ein weißes Kleid gehüllten Körper auf den vorbereiteten Holzstoß. Jeder Angehörige legt ein Stück Sandelholz auf den Körper der Toten, deren Gesicht tiefliegende Augen, eingefallene Wangen und einen zahnlos eingefallenen Mund zeigt. Die beiden kahlgeschorenen Söhne der Toten, die nur ein nahtloses weißes Tuch um ihre nackten Hüften tragen, stecken das brennende Schilf ins Gehölz des Scheiterhaufens. Mehrere junge Männer treten an den Scheiterhaufen heran, berühren das Mangoholz, falten die Hände, berühren mit ihren Fingern die eigene Stirn und murmeln ein Gebet. Eingekeilt zwischen Holzprügel liegen als Opfergaben mehrere große braune Kokosnüsse. Zwei Touristen, ein Mann und eine eine orangefarbene Marygoldgirlande um den Hals tragende Frau, nehmen vor dem brennenden Scheiterhaufen auf der langen Steinbank Platz, stehen aber nach wenigen Minuten auf und verlassen das Nimtala Ghat. Die Flammen lodern auf, wenn der Dom literweise Butterschmalz auf den langsam niederbrennenden Scheiterhaufen schüttet. In der äußersten rechten Ecke des Verbrennungsghats hockt lauernd der dürre, schüchterne, Marihuana aus einer Pfeife rauchende Sadhu und wartet auf die nächsten Butterschmalzdosen, die gerade aufgebrochen werden. Drei splitternackte Buben tauchen auf, steigen hinter den Betonschirmen auf eine Mauer und springen in den Fluß. Sie laufen über die Stiege wieder hinauf, am lichterloh brennenden Scheiterhaufen vorbei, und springen erneut von der drei Meter hohen Brüstung. Die Buben plantschen zwischen den Holzkohlestücken und Blumenresten im Fluß herum, schlagen sich gegenseitig die nassen Fetzen, mit denen sie ihre Hüften bedecken, auf den Rücken und schreien vergnügt. Einer gurgelt laut mit dem schmutzigen Flußwasser, ein anderer, vom Kopf bis zu den Zehenspitzen weiß eingeseift, springt platschend und schreiend in den Fluß hinein. Ein Mann steht knietief zwischen den schwimmenden Holzkohlestücken und zerzausten Blumengirlanden im Fluß und telefoniert, er schimpft mit den herumtollenden Knaben, die ihn immer wieder mit Wasser bespritzen. Zwei junge Männer fassen mit einem großen, breiten Blecheimer Wasser aus dem Fluß und tragen den gefüllten Eimer über die Stiege hinauf. Die drei nackten Jungen ziehen – wie Eingeweide – gelbe und orangefarbene Marygoldgirlanden aus dem Eimer, bevor die beiden Männer das Wasser auf eine niedergebrannte, noch leicht rauchende Feuerstelle schütten. Ein Dom stochert einen Überrest aus dem niedergebrannten Scheiterhaufen und schiebt ihn mit der Bambusstange auf eine gefliese Stufe. Der eine kahlköpfige Sohn der Toten, der nur ein nahtloses weißes

Tuch um seine Hüften trägt, schüttet aus einem Tonkrug das heilige Wasser des Hooghli auf die verkohlten Reste seiner Mutter. Von allen Seiten werde ich bedrängt und habe Angst, in das Gerangel zu geraten, als es zwischen zwei Doms zu einem Streit kommt. Der junge Dom, der die Tote eingeäschert hat, gibt sich mit den zwanzig Rupien, die er bekommen hat, nicht zufrieden und stößt den anderen immer wieder zur Seite, ringt ihn zu Boden, ehe ein dritter Dom kommt, den Streit schlichtet und ihn mit einem zusätzlichen Geldschein befriedet.

Mit Aschepartikeln auf der Schreibhand verlasse ich den Einäscherungsplatz des Nimtala-Ghat am Ufer des Hooghli, der Chauffeur Islam und die Praktikantin vom Max Mueller Bhavan, Dorothea, die mich durch Kalkutta fahren, warten schon. Im klimatisierten Auto zwischen zwei großen Lastwagen durchfahrend, schauen wir alle, der Taxifahrer, Dorothea und ich, irritiert links und rechts, aus Angst, von den schweren Lastwagen mit den dick qualmenden schwarzen Abgasen zerquetscht zu werden. Der Glas-Ganesha an der Windschutzscheibe des Autos leuchtet immer wieder auf, abwechselnd grün, lila, rot und rosa. Als ich zur Praktikantin sage, daß ich beobachtet habe, daß auch die toten Moslems auf Betten durch die Straßen getragen werden, fragt sie, ob auch Moslems eingeäschert werden. Der Chauffeur Islam antwortet sofort in einem scharfen Tonfall, noch ehe ihre Frage vollständig ausgesprochen ist und sagt: »Nein!« Islam erzählt, daß zum Fest der Göttin Durga die großen, aus Stroh und Gips gebauten und bunt bemalten Durga-Statuen von Firmen und Clubs finanziert werden. In einzelnen Stadtvierteln sollen Geldeintreiber von Haus zu Haus gehen, die Leute einschüchtern und sie bedrohen, wenn sie kein Geld für die Statuen spenden. Zwei

Männer mit Plastiksäcken auf dem Kopf stehen mitten auf einer Straße, halten zusammengebündelte Blumenkohlköpfe in die Höhe und klopfen an die Fensterscheiben der vor den Ampeln wartenden Autos. An der Mauer eines großen Gebäudes hat sich ein Rikschafahrer, der in einer Fahrpause zu seiner Familie zurückgekehrt ist und mit seinem Kleinkind spielt, das er immer wieder lachend in die Höhe hält, aus Bast eine kleine Hütte gebaut, die mit Plakaten von Bollywood-Filmen beklebt ist. Es schüttet in Strömen, endlich der ersehnte Monsunregen, laut hört man die Regentropfen auf dem Dach und auf den Fenstern der Autos. Auf der breiten Windschutzscheibe flitzen die Scheibenwischer hin und her und bewältigen die Güsse kaum. An einem Haus erkenne ich zwischen den hart wie Nadeln aufklopfenden und sofort auseinanderrinnenden Regentropfen verschwommen die Aufschrift »Calcutta School of Tropical Medicine«. Ein Rikschafahrer, der einen hohen Stapel zusammengeschnürter grauer Eierlagen, die mit einer durchsichtigen Plastikplane abgedeckt sind, auf sein Gefährt gebunden hat, fährt an einem mit großen Teerfässern beladenen Lastwagen vorbei. Umringt von einer Herde von zwanzig schwarzen, plitschnassen Schafen steht ein rostiger Panzer im Maidan, dem größten Stadtpark von Kalkutta.

DIE WASSERTRÄGER MIT DEN
ZIEGENLEDERTASCHEN AUF DEM NEW
MARKET, DIE AUSGEMERGELTEN KATZEN
MIT IHREN TOTENKOPFFRATZEN UND DIE
FLEISCHRESTE AUS DER LOCHSCHEIBE DER
FASCHIERMASCHINE PICKENDEN KRÄHEN

»Hier in meinem Zimmer leben zwei Schwalben, eine Eidechse mit gezacktem Rücken und einige riesige Spinnen, die sich immer erschrecken, wenn ich die Lampe anzünde. Ich muß zugeben, daß ich in der ersten Nacht schlecht schlief, das ständige Zwitschern der Schwalben im Ohr. Am zweiten Tag sah ich die Eidechse auf den Fliesen im Bad kriechen. An die Spinnen habe ich mich gewöhnt; sie halten sich meistens am Fenster auf, und wenn sie mir zu nahe kommen, vertreibe ich sie mit dem Bleistift.«

AM NÄCHSTEN MORGEN, in der Hand Füllfeder und Notizbuch, auf dem ein lachender, nasser Junge abgebildet ist, der zwischen mehreren mit Blumengirlanden geschmückten Ganeshas hockt, aus dem Hotel *Bengali Club* tretend und den Straßenrand entlanggehend, stoße ich am Gehweg auf einen Mann, der vor einem großen Stapel Pakete mit weißen, stark nach Naphthalin riechenden Mottenkugeln hockt und mit einer Stecknadel seinen Kamm entlaust. Auf einer grünen, an allen vier Ecken mit Steinen befestigten Plastikplane liegt ein einarmiger, ständig Gebete murmelnder Mann mit nacktem Oberkörper, dessen dünner, spitzer Armstumpf ununterbrochen zittert, bäuchlings auf dem Boden. Neben dem an der Museumsmauer hockenden und mich zu sich rufenden Handleser, auf dessen Schriften zwei rostige, mit oranger Farbe beschmierte Glückshufeisen liegen, steht eine dicke, ständig nickende, armlose Frau, die bettelt. Frisches Blut sickert aus dem eingefaschten Fußklumpen eines am Straßenrand liegenden Leprakranken, der immer wieder »Bakschisch! Bakschisch!« ruft. Die Straße weiter entlang, Richtung New Market gehend, sehe ich am Gehweg einen Mann, der zwei Pizzareste fressende Äffchen an einem Strick hält. Als der Mann streng ein einziges Wort sagt, läßt der kleinere Affe sofort von der Pizza ab und hüpft in den Jutesack, den der Mann in seinen Armen hält. Vor dem New Market warten Männer mit leeren Körben, die einen durch den Markt begleiten und die eingekauften Waren tragen wollen. Ein Wasserträger pumpt mit dem Handschwengel des Brunnens Wasser in eine dicke, sich immer weiter aufblähende Ledertasche. Zwischendurch, während er rastet, putzt er sich mit seinen Fingern die Zähne, reibt waagrecht mit dem Zeigefinger an der oberen Zahnreihe hin und her. Ein zweiter Wasserträger bindet den Verschluß seiner leeren, zusammengefallenen Ledertasche ums Brunnenrohr und pumpt mit dem Handschwengel Wasser hinein, verschnürt mit einem Lederriemen die Öffnung, schultert die schwere, nasse Wassertasche aus Ziegenleder auf und begibt sich ins Marktgelände hinein.

In die große, völlig unübersichtliche Markthalle eintretend, in der man ununterbrochen die Schreie der Krähen hört, stoße ich auf zwei einander gegenüberstehende Verkaufsstände mit Artikeln für Hunde und Katzen. Hundezwinger, Lederriemen, Kunststoffknochen werden angeboten, »Puppy Shampoo« und »Connie Flex« heißen die Shampooartikel. Eingefärbt in die Farben der indischen Nationalflagge sind die Griffe aufgereihter Hundehaarbürsten. Während ich eine Kunststoffhundeleine näher betrachte, auf der abwechselnd das ganze Band entlang ein weißer Knochen und der Abdruck einer Hundetatze abgedruckt sind, taucht ein Mann mit schweren Brandnarben im Gesicht vor mir auf, hält mir seine verkrüppelten, ebenfalls mit Brandnarben übersäten Hände entgegen und flüstert mehrere Male: »Bakschisch! Bakschisch!« Zwei keck lachende, halbwüchsige Buben mit Tigerkopfmasken und in getigerter Kleidung, Trommel und Shvalanze in ihren Händen haltend, gehen mit einem Messingkrug bettelnd von Stand zu Stand. Seinen Stoff herzeigend und immer wieder streichelnd, läuft ein Mann »Silk! Silk!« rufend neben mir her. In einer überdachten Marktgasse stehen neben- und übereinander wohl fünfzig, von einem pyramidenartig aufgebauten Netz abgedeckte Körbe, in denen weiße Hühner hocken. Die wenigen braunen Hühner hocken separiert von den weißen Hühnern in eigenen Körben. Ein auf dem Boden vor einem Hühnerkorb kniender Moslem singt religiöse Lieder. In anderen Körben, die ebenfalls mit Netzen abgesichert sind, hocken schnatternde weiße Enten. Es stinkt so fürchterlich nach verwesendem Fleisch, daß ich vor Brechreiz meinen Mund zuhalte und mit dem Zipfel meines aus der Hose hängenden Hemdes die Nasenlöcher zudrücke. Selbst die Marktarbeiter, die gefüllte Früchtekörbe auf ihren Köpfen tragen, halten sich mit ihren rotweißkarierten Tüchern die Nase zu, wenn sie durch die lange Gasse der Stände gehen, wo vor allem Hühner- und Rindfleisch angeboten wird. Zwei junge Japaner gehen, sich ebenfalls die Nase zuhaltend, im Laufschritt zwischen den Fleischständen durch, aus denen man muslimische Musik hört. Zwischendurch werden die in niedrigen, geflochtenen Körben unter den Netzen hockenden, mit offenen Schnäbeln auf ihren Tod wartenden Hühner mit Wasser versorgt. Kaum hat der Verkäufer mehrere Kilo Fleisch durch einen Fleischwolf gedreht, der über Rad und Gummiriemen von einem Elektromotor angetrieben wird, das zerkleinerte Fleisch eingepackt und sich vom Stand entfernt, tauchen auch schon die Krähen auf, setzen sich an den silbernen Rand des Einfülltrichters der Faschiermaschine und picken die Fleischreste aus der Förderschnecke und aus der Lochscheibe. Die wenigen auf dem Markt herumlaufenden, nach Fleischresten suchenden, ausgemergelten und struppigen Katzen mit ihren zusammengeschrumpften Totenkopffratzen haben Angst, sie sind auf der Flucht und fressen im Laufen.

Immer wieder fallen da und dort Kotpatzen der ununterbrochen schreienden Krähen vom Gestänge der Marktüberdachung. Schreibend sitze ich auf einer langgestreckten Truhe, auf der bäuchlings ein zwölfjähriger, immer wieder seinen Kopf hebender, lächelnder Junge liegt mit deutlich sichtbaren Schweißtropfen auf seiner Oberlippe. Es ist September,

Monsunzeit, der Himmel ist bedeckt, aber es regnet seit Tagen nicht mehr. In der riesigen, unüberschaubaren Markthalle ist es schwüler als draußen, naß ist meine Stirn, immer wieder spüre ich das langsame Hinunterrinnen von Schweißtropfen über Brust und Rücken. Wieder bleibt ein Mann vor mir stehen, runzelt die Stirn, lächelt und schaut auf meine sich schnell zwischen den Fingern bewegende Füllfederspitze. Dann und wann tritt ein neben dem Fleischstand Hühnereier verkaufender Mann einen Schritt vor und verjagt mit einer Handbewegung die auf dem Fleischwolf hockenden Krähen, die die in der Lochscheibe des Fleischwolfs hängengebliebenen Fleischreste herauspicken, aber es dauert keine Minute, dann erheben sich andere, auf dem Gestänge der Marktüberdachung wartende Krähen, fliegen auf den Fleischstand zu und setzen sich, die Krallen voraus, auf den Rand des Einfülltrichters der Faschiermaschine, verdrehen sichernd ihre Köpfe und beugen sich mit dem Schnabel über die fleischverstopfte Lochscheibe. Haufenweise liegen neben dem Stand des Eierverkäufers graue Eierschachteln übereinander, einige mit festklebenden Eierschalenstücken, andere mit eingetrockneten gelben Dotterresten. Immer wieder picken Krähen gelbe Eierreste aus den quadratischen grauen Eierschachteln oder von den auf dem Boden liegenden zerbrochenen Eiern, heben ihren Kopf mit den vom Dotter gelbgewordenen Schnäbeln und blicken um sich, ehe sie sich wieder über den Eierbruch beugen, vom Eierhändler mit Hand- und Fußbewegungen verjagt, ein paar Meter wegfliegen oder zurückweichen und nach kaum einer halben Minute zu Fleischwolf und Eierbruch zurückkehren. Vor den Eierschachtelstellagen schöpft der Eierverkäufer, der ein weißrotkariertes Tuch um seine Hüften geschlungen und am Bauchnabel verknotet hat, das Wasser, das die Wasserträger mit ihren Ziegenledertaschen gebracht haben, aus dem Trog und schüttet es sich auf die Brust, unter seine Achseln, öffnet den Knoten des Hüfttuchs und läßt das Wasser auf seine Geschlechtsteile rinnen. Neben dem Hühnerverkäufer, beim Obststand, an dem ein bärtiger Moslem offenen Mundes, die Beine ausgesteckt, auf einem Stuhl schläft, bietet mir ein junger Mann seine Südfrüchte an: »Yes, Sir, Mango, Papaya?« Als mich beim nächsten Verkaufsstand ein anderer, mich ständig mißtrauisch beobachtender Moslem mit strengem Blick in gebrochenem Englisch fragt, was ich denn schreibe, und ich ihm ein wenig eingeschüchtert sage, daß ich über die Farben und den Duft der Mango, der Guava und der Papaya schreibe, antwortet er sofort: »Das stimmt nicht, du schreibst nicht über Mangos und Papayas!« Ich gehe sofort weiter mit meinem Notizbuch, auf dem ein am Ufer des Meeres keck lachender, nasser Junge abgebildet ist, der zwischen mit Blumengirlanden geschmückten Ganeshas hockt, um die Ecke, drehe mich um, habe Angst verfolgt zu werden, ziehe die Schultern hoch, denn ich habe die Vorstellung, daß man mir mit dem Beil eines Fleischers die Schulterblätter auseinanderhackt und sie den Krähen zum Fraß vorwirft.

AUF GROSSEN ZWIEBELSÄCKEN
SCHLAFENDE MÄNNER, DER
SEIDENPAPIERDRACHEN EINES SPIELENDEN
KINDES, DER MEINEN KOPF STREIFT,
UND DIE MIT STRICKEN ANEINANDER-
GEBUNDENEN UND IM GLEICHEN RHYTHMUS
DIE STRASSE ENTLANGLAUFENDEN
SCHWARZEN ZIEGEN.

»Interessant ist die Tatsache, daß in gewissen indischen Bäckereien die Christen Backbleche und Gebäck nicht anfassen dürfen. Ansonsten würden die Einheimischen nichts mehr kaufen. Und in dieselben Bäckereien dringen Kälber ein und verzehren eine beachtliche Anzahl von Kuchen. Diese werden aber respektiert – keiner der Kunden protestiert.«

VOM STRASSENRAND – auf dem Gefährt eines vorbeilaufenden Rikschaziehers sitzen zwei junge Frauen – werden von mehreren ausgemergelten, rotweiß karierte Baumwolltücher auf ihren Köpfen tragenden Männern schwere Obstkisten in den New Market hineingetragen. Sie legen ein Sperrholzbrett aufs Haupt und lassen sich von einem anderen, beim Lastwagen arbeitenden Mann die mit grünen Orangen gefüllten Kisten auf den Kopf heben. Ein einarmiger junger Mann mit braunrot gefärbten Zähnen, spärlichem Bärtchen sitzt in einem orangefarbenen Leibchen neben mir, schaut auf meine Füllfeder, öffnet ein Plastiksäckchen, auf dem »Shikhar-Gutkha« steht, und schüttet sich das aus einer Tabakmischung bestehende Genußmittel in den Mund. Jetzt am Nachmittag, wo nur mehr wenige Käufer unterwegs sind, schlafen die Zwiebelverkäufer in ihrem Verkaufslager zwischen ihren mit roten Zwiebeln gefüllten meterhohen Jutesäcken auf dem Boden. Ein Schläfer hustet immer wieder. Ein anderer, auf einem Zwiebelsack sitzender Mann, der versucht, in seiner Handinnenfläche Betelnußteilchen mit seinem Daumen zu zerkleinern, trägt ein dickes silbernes Kreuz auf seiner Brust. Nach wie vor schauen mich zwei Männer, die bereits seit zehn Minuten vor mir stehen, entgeistert an, schauen abwechselnd mir ins Gesicht, auf die Füllfeder und aufs Notizbuch, auf dem ein am Ufer des Meeres keck lachender, nasser Junge abgebildet ist, der zwischen mehreren über und über mit Blumengirlanden geschmückten Ganeshas hockt. Es riecht stark nach Jutesäcken und Zwiebeln. Auf einer Stange hinter den lautlos sich im Kreis drehenden Ventilatorenflügeln hängen zum Trocknen ein paar feuchte Kleider. Kaum werden vom Wind des Ventilators die auf dem Boden liegenden Zwiebelschalen bewegt, erheben sich die an den trockenen braunen Schalen nagenden winzigen Insekten und setzen sich auf die übereinandergestapelten Jutesäcke. Auf einem prall gefüllten Sack Zwiebeln liegt eine kleine, fast vollständig vertrocknete gelbe Marygoldgirlande. Vor dem Zwiebelladen, am Straßenrand, zwischen den beiden mit Orangenkisten gefüllten Lastwagen, halten zwei Papiersammler an einer dicken Bambusstange eine Waage in die Höhe und wiegen mehrere dicke, zusammengeschnürte und zusammengequetschte Kartons ab, in denen zuvor Hemden eingeschachtelt waren. »Park Avenue« steht auf den blauen Hemdenkartons. Vor dem Laden fächeln mir die Ventilatoren den Jutesäcke- und Zwiebelgeruch zu. Ein bis oben mit Zwiebelsäcken beladener grüner Lastwagen steht am Straßenrand, auf dessen hohes Heck, links und rechts, jeweils ein großes Auge mit Augenlidern und Augenbrauen aufgemalt ist.

Unmittelbar neben dem Marktgebäude, vor einem Kino, hocken mehrere Tabakwarenhändler, die paketweise die verschiedensten Filterzigaretten anbieten. Als ich sie nach Bidis frage, die aus einem Tendublatt aus Ceylon-Ebenholz als Hüllblatt und Tabak als Füllung bestehen und auch *Poor man's cigarettes* genannt werden, sagt einer: »No Bidis! Cigarettes!« Er verkauft nur mehr Filterzigaretten, Bidis findet man immer seltener. Immer wieder bleiben junge Männer vor dem Kinoplakat mit dem Filmtitel »Dangerous Desire« stehen, auf dem zwischen mehreren tanzenden Paaren eine auf einem Sofa sitzende Frau mit offenem Mund und auseinandergespreizten Beinen zu sehen ist und über ihr ein nacktes Neugeborenes mit einem Doppelgesicht auf einem übergroßen Kopf. Neben mehreren Frauen, die Kleinkinder auf ihren Armen tragen, bleiben auch drei zwölfjährige Buben stehen, schauen aufs Plakat, dann auf meine Füllfeder und auf mein Notizbuch, auf dem eine auf ihrem Kopf einen großen Thunfisch tragende Frau am Ufer des Meeres abgebildet ist, lachen und gehen weiter. Als ich in die Kinohalle eintreten möchte, schiebt ein Moslem die eisernen Gitterstäbe zu und sagt streng: »No!« Unmittelbar vor dem Kinoeingang steckt ein am Gehsteig auf dem Boden hockender Mann ein Bündel zusammengepappter, leicht feuchter, teilweise zusammengeschrumpelter Tabakblätter ins Rohr seiner zusammengebastelten Maschine und schneidet mit einem Hebel, an dem ein rasierklingenscharfes Messer angebracht ist und den er in schneller Folge immer wieder nach unten drückt, die Tabakblätter so dünn ab, daß kleine, schrumpelige und wurmartige, einen Millimeter breite Tabakstreifen bündelweise abfallen, die er in einen Plastiksack füllt. Angenehm und betörend ist der starke Duft der aufgeschnittenen, feuchten, teilweise leicht angeschimmelten Tabakblätter. »Hello, Mister! Interview, please!« ruft mir ein Mann zu, der mit derselben Hand ein Stromkabel mit Stecker festhält und aus einem kleinen Papiersäckchen Betel herausdrückt, das er sich in seinen Mund schiebt. Während ich höre, daß der Muezzin über einen an der Moschee angebrachten Lautsprecher zum Gebet ruft, und der Seidenpapierdrachen eines spielenden Kindes meinen Kopf streift, kommt ein Junge mit einer Herde junger Ziegen vorbei. Die Leitziege hält er am Strick fest, die anderen, mitlaufenden Ziegen sind mit Stricken aneinandergebunden und laufen alle im gleichen Rhythmus die Straße entlang. Als ich das Marktgelände verlasse und wieder am Brunnen vorbeikomme, tropft vom vollgefüllten, bauchigen Ledersack des an mir vorbeigehenden halbnackten Wasserträgers Wasser auf meine Oberschenkel, auf Schuhe und auf das Notizbuch, auf dem eine Frau am Ufer des Meeres abgebildet ist, die einen großen Thunfisch auf ihrem Haupt trägt.

DIE VERSILBERTEN FINGER, ZEHEN UND OHRLÄPPCHEN EINES MANNES – ALS WÄRE ES SCHMUCK –, DER EIN GROSSES EISENTOR MIT BLOSSEN HÄNDEN VERSILBERT,
UND DIE GLÄSERNEN HERZEN AUF EINER BENGALIZEITUNG, AUF DER EIN SCHULKIND ABGEBILDET IST, DAS VON SEINEM LEHRER ERMORDET WURDE.

»Ich schreibe. Was könnte ich sonst tun? Dieser triste Hügel, mit dem abgeschiedenen Kloster und den Schlangen beherbergenden weißen Steinen erneuert in mir Gesichte von jenem Italien, das ich als Zwanzigjähriger durchreiste. Zum ersten Mal werde ich an Europa erinnert. Dieser Hügel, gehüllt in heiliges Schweigen, ist von ›drüben‹.«

AN DER WAND der homöopathischen Apotheke »Murli« hockt ein Bidi-Verkäufer, der auf ein Tendublatt Tabak bröselt, das Blatt zusammenrollt und mit einer auf den Zeigefinger gesteckten fingerhutartigen Eisenspitze das Ende des Röhrchens zustopft, woraufhin er die dünne Zigarette mit einem Faden umwickelt. In der Apotheke »Murli« gibt man einen Zettel mit den Wünschen ab, der Zettel wird in einen Korb gelegt, mit einem Strick ins obere Stockwerk gezogen, wo die Medizin präpariert wird. Nach einiger Zeit wird das Körbchen mit der fertigen Medizin herunter zur Verkaufstheke gelassen. Auf die Medikamente wartend, gehe ich durch die Straßen und sehe vor einem großen schmiedeeisernen Tor, das einen Innenhof des »Palace Court« abschließt, auf einer in der Mitte des Tors waagrecht mit Schnüren befestigten dicken Bambusstange einen Mann stehen, der mit einem Stoffetzen und mit seinen bloßen Händen das Eisentor versilbert. Eine Kanne mit Silberlack hängt an einer inzwischen schon versilberten Schnur, die an einer waagrecht in Kopfhöhe des Arbeiters angebrachten dünnen Bambusstange festgebunden ist. Immer wieder taucht der Arbeiter mit schwarzem Oberlippenbart, der ein schmuddeliges Hemd und ein blaugelb kariertes Tuch um seine Hüften gebunden hat, den Fetzen mit seinen bloßen Händen in die Kanne. Bis zum Unterarm ist seine rechte Hand versilbert. Silbertropfen trocknen auf seinen nackten Zehen, auf seinem rechten Ohrläppchen – als wäre es Schmuck – und an seiner linken Ohrmuschel. In einer Arbeitspause, als er von der ebenfalls mit eingetrockneten Silbertropfen übersäten Bambusstange auf eine Leiter und schließlich auf den Boden hintersteigt, sich hinhockt und zur Entspannung eine Bidi anzündet, hängt, wie bei einer Statue, lange Zeit ganz unbeweglich seine Silberhand herunter. Versilbert sind auch die Stromleitungen links und rechts an den gemauerten Eingangssäulen, zwischen denen das Eisentor einbetoniert ist. Sie führen zu zwei großen Jugendstillampen.

Das Versilbern dieses fünf Meter breiten und fünf Meter hohen Tors erinnert mich beim Notieren dieser Einzelheiten an einen kleinen Jungen in Sizilien, der bei einem Fest einen silberfarbenen Engel darstellen sollte. Am ganzen Körper versilbert, hätte er, an einem Stahlfaden hängend, fliegend eine Piazza überqueren sollen. Seine versilberte Haut erstickte ihn, der Junge starb, bevor es zum »Volo dell' Angelo«, zum Flug des Engels, kommen konnte.

Unmittelbar vor dem Hotel *Bengali Club* hockt am Straßenrand eine junge Frau mit ihrem Kleinkind vor einer Anzahl leicht im Wind sich bewegender, quietschend aneinanderreibender aufgeblasener, herzförmiger roter Luftballons. Kaum bleibe ich einen Moment lang stehen, klopft auch schon ihr halbwüchsiger Sohn gegen die am hohen eisernen Hotelgitter befestigte Plastikplane und bietet mir einen Luftballon an. Bei einem Südfrüchteverkaufsstand liegen flache gläserne Herzen auf einer Bengalizeitung, auf der ein fünfjähriges Kind abgebildet ist, das dieser Tage von einem jungen Privatlehrer, der die Eltern erpressen wollte, ermordet wurde. Als ich, nachdem ich mich im Hotelzimmer eine Zeitlang ausgeruht habe und mir der den ganzen Tag über vor meiner Hotelzimmertür auf einem Schemel sitzende Dienerjunge Darjeeling-Tee gebracht hat, wieder auf die Straße gehe und mich der Junge mit den herzförmigen roten Luftballons wiedererkennt, fragt er mich, ob ich ein »Girl« haben möchte, in einer halben Stunde könne er mit einem da sein. Kaum betrete ich ein Restaurant – der in seine rotgoldene Radjastani-Uniform gekleidete Liliputaner öffnete mir das Eingangstor –, beugen sich auch schon die gelangweilt auf Gäste wartenden uniformierten Ober über die Brüstung im ersten Stock des Lokals, empfangen mich zu viert, zu fünft und begleiten mich zu einem Tisch. Das Restaurant ist um die Mittagszeit fast leer, die Inder kommen erst am Nachmittag zum Mittagessen. Ich warte auf meine Vegetable-Soup, Füllfeder und Notizbuch liegen vor mir. Auf dem Restauranttisch liegt als Untersatz ein Blatt Papier, auf dem die einzelnen Speisen abgebildet sind. An den vier Ecken der Unterlage sind die chinesischen Sternzeichen beschrieben. Bei »The Rabbit« steht unter »Famous persons born«: David Rockefeller, Ingrid Bergmann, Fidel Castro, Albert Einstein, Joseph Stalin. Eine der am Nebentisch sitzenden jungen Touristinnen, die eine gelbe Marygoldgirlande um den Hals trägt, hebt kokett, den Kopf hin- und herwiegend, einen Glasbecher mit aufgeschnittenen kleinen Zwiebeln und bietet die Zwiebelschnitzel ihrer gegenübersitzenden Freundin an. Keck lachend fotografieren sie sich danach gegenseitig. Immer wieder, auf der Suche nach Bildern für mein indisches Notizbuch, auf dem eine Inderin am Meeresufer abgebildet ist, die einen großen Thunfisch auf ihrem Kopf trägt, aus dem Fenster des Restaurants schauend, auf einen übergroßen Bildschirm an einer Hausmauer blickend, auf dem, als Werbung für »Tata Sky«, ein Inder mit einem Besen in einer langen Straße Abertausende auf dem Boden liegende Augengläser zu einem meterhohen Haufen zusammenkehrt, die er schließlich in einen großen Müllbehälter hineinschaufelt, kommt mir wieder vor Augen, wie ich am Vortag in der Nähe des Hotels *Bengali Club*, in dem ich einen Monat lang einquartiert bin, auf dem Zebrastreifen über die Straße ging und Angst hatte, von den rücksichtslos vorbeiflitzenden Autos überfahren und zerdrückt zu werden, wie ich am liebsten zu weinen begonnen hätte und mich schon darauf einstellte – immer wieder entsetzt auf die auf mich zufahrenden Autos starrend –, auf die Motorhaube eines Fahrzeugs zu springen und mich an den Scheibenwischern der Windschutzscheibe festzuhalten, um nicht überfahren zu werden.

EIN MANN PUMPT WASSER IN DIE ÖFFNUNG
SEINES ZIEGENLEDERBALGES, SCHULTERT
DEN MIT EINEM GURT VERSEHENEN BALG
UND GEHT IN DEN NEW MARKET HINEIN.
ZWEI MÄNNER ZIEHEN MIT EINER LANGEN
EISENZANGE HUNDERT KILO SCHWERE
EISBLÖCKE DIE STRASSE ENTLANG, UND EIN
SCHWARZER HUNDEWELPE MIT EINEM GELBEN
HÜHNERFUSS IM MAUL LÄUFT AUF MICH ZU.

»*Im Punjab ist der Schnee geschmolzen, die Kältewelle ist vorbei ... Meine Freunde kommen nicht mehr zu den Kursen mit jenen bengalischen Schals aus bunter Wolle, die sie wie eine Toga trugen. Die Morgenstunden sind wieder heiter, und die Adler Kalkuttas landen wieder auf den Gassen. Sie sind so zahlreich und zahm, daß ich sie eine Zeitlang mit Raben verwechselt habe.*«

DAS RESTAURANT und den grinsend die Hand aufhaltenden Liliputaner in seiner rotgoldenen Radjastani-Uniform verlassend, bleibe ich auf dem Weg zum New Market vor einem Schaufenster mit mehreren Singer-Nähmaschinen stehen, die mit durchsichtigen Plastikhauben abgedeckt sind und mich an meine Mutter erinnern, die besonders im Winter nachmittags an der alten Pfaff-Nähmaschine mit dem Hirschmotiv im Untergestell saß und mit ihren wegen des Venenleidens braun eingefaschten Füßen aufs schwere Pedal drückte, die auf- und abstechende Nadel in Schwung brachte, ehe die Nähmaschine auf dem Dachboden entsorgt und durch eine elektrische Singer-Nähmaschine ersetzt wurde. In der Markthalle, beim jüdischen Süßwarenhändler »Nahum« vorbeigehend, komme ich wieder in die große Fleischabteilung, die ich, mit dem Zipfel des heraushängenden Hemdes meine Nasenflügel zuhaltend, im Laufschritt durchquere. Ich komme an einer Familie mit Kleinkindern vorbei, die in einer mit Eingeweiden gefüllten Kiste wühlt und die Reste der geschlachteten Hühner, die nassen Köpfe mit den halbgeschlossenen Augen, die gelben Beine und die Flügel einsammelt und in Plastiksäcke stopft. Mutter und Vater sind ähnlich ausgemergelt wie die Rikscha-Wallahs, die bloßfüßig die schwarz angemalten, mit Silberbeschlägen verzierten Laufrikschas, auf denen manchmal zwei, drei Personen sitzen, durch die Straßen von Kalkutta ziehen. Wieder pumpt ein schnauzbärtiger, ein nasses, an seinen Hinterbacken klebendes Tuch um seine Hüften tragender Wasserträger Wasser in die Öffnung seines Ziegenlederbalgs. Hundertzwanzig Mal, zähle ich, muß er pumpen, bis sein Balg, aufgebläht wie eine verwesender Tierkadaver, mit Wasser gefüllt ist. Der Wasserträger dreht die schnabelartige Lederöffnung zusammen, verschnürt sie mit den beiden herabhängenden Lederriemen, schultert den mit einem Gurt versehenen Lederbalg, geht damit ins überdachte Marktgelände hinein und verteilt das Wasser bei den Obst- und Gemüseständen auf die Plastikbottiche. Unmittelbar danach füllt eine Frau, die einen orangefarbenen Sari trägt, mehrere Mineralwasserflaschen mit dem Brunnenwasser. Mich umdrehend sehe ich, daß mir ein in seinem Verschlag hockender, mir beim Schreiben zusehender junger Moslem mit kohlrabenschwarzem Vollbart zulächelt und mich, mit dem Kopf nickend, willkommen heißt, denn ich sitze vor seinem Stand auf einer Holzkiste und benütze als Schreibunterlage eine große, leere Schachtel, in der die Päckchen der »Glucose Biscuits« eingeschlichtet waren, auf denen der Kopf eines Kekse naschenden Kindes abgebildet ist. Der junge Moslem hinter meinem Rücken verkauft Haushaltswaren und Schulbedarf, man kann bei ihm auch telefonieren. Ein Mädchen mit einem vollkommen verschmutzten Kleid und ein kleiner Junge, beide mit struppigem Haar, klopfen bettelnd auf meine Knie. Flehentlich und traurig schaut das Mädchen dem langbärtigen Papayaverkäufer ins Gesicht, der sie verjagen möchte. Neben einem bloßfüßig mit seiner schwarzen Rikscha vorbeilaufenden, ausgemergelten alten Mann ziehen mit einer langen Eisenzange zwei Männer gemeinsam zwei große, wohl hundert Kilo schwere weißblaue Eisblöcke die Straße entlang, in die Fleisch- und Fischabteilung des Marktes hinein. Es ist teilweise bewölkt, heiß und schwül, es hat mindestens fünfunddreißig Grad, immer wieder rinnen Schweißtropfen über meine Brust und über den Rücken hinunter. Wenn ich, um das Notizbuch festzuhalten, auf dem eine einen Thunfisch auf ihrem Kopf tragende Inderin abgebildet ist, meine linke Hand auf das beschriebene Blatt lege, verschmiert die Tinte, die Blätter im Notizbuch werden feucht und wellig. Um ein gekühltes Mineralwasser zu kaufen, gehe ich von Stand zu Stand, bis ich auf einen Laden mit einem Kühlschrank stoße. Einem Wasserträger über die Straße nachgehend, sehe ich, daß er das Wasser bei einer Privatwohnung in einen Kanister leert. Ein paar Kinder, fünf, sieben Jahre alt, stehen um mich herum, schauen auf meine Füllfeder und auf mein Notizbuch, legen ihre Hände auf meine Knie, plaudern auf Bengali, schauen mich dabei an, als ob ich ihre Worte verstehen müßte, und warten auf meine Antwort. Ein Junge zieht einen schwarzen Hundewelpen an einer Schnur die Straße entlang. Das Hündchen fällt um, steht wieder auf, der Junge zieht das sich im Staub wälzende, neugeborene Tier weiter über den heißen Asphalt. Kaum ist das Hündchen wieder auf den Beinen, beginnt es an einem gelben Hühnerfuß zu nagen, von dem ein paar Zehen schon halb abgefressen sind. Wendet sich der kleine Hund von der Hühnerkralle ab, schiebt ihn der Junge am Genick wieder zum Fressen. Während am Brunnen ein bärtiger Moslem laut keuchend Wasser in seinen Lederbalg pumpt und der schwarze Hundewelpe mit einem gelben Hühnerfuß im Maul auf mich zuläuft, umringen mich immer mehr Kleinkinder, schauen auf mein Notizbuch, auf dem eine Inderin abgebildet ist, die einen Thunfisch auf ihrem Kopf trägt, und betasten meine Füllfeder. Immer wieder hört man die Schreie der Krähen, überall sind sie und suchen nach Lebensmittelresten. Auch hier am Straßenrand picken sie neben einer langsam sich bewegenden, nassen, ebenfalls Lebensmittelreste suchenden Ratte die Reste von Reis und Dhal von den weggeworfenen, auf dem Asphalt liegenden Blättertellern.

Ein Südfrüchteverkäufer versucht am Straßenrand mit einem Pfaufederwedel die hartnäckigen Wespen zu verjagen, die aber immer wiederkehren und sich mit ihren dunkelbraunen Saugern in das Fruchtfleisch auseinandergeschnittener Mangostane und der aufgeschnittenen Papayas festbeißen. Während er mit einer zusammenklappbaren Presse aus Holz hantiert, zieht der Limonenverkäufer an einer in einer großen Lücke zwischen den Zähnen steckenden Filterzigarette. Um seine gelb angestrichene Wasserpumpe hängt eine Hibiskusblütengirlande. Die ausgedrückten Limonenhälften wirft er in einen schwarzen Plastiksack, der an seinem Wagen hängt. Ein rostiges, mit oranger Farbe betupftes Glückshufeisen ist an seinem Wagen angebracht. Ein schöner, dunkelhäutiger, leicht hinkender junger Mann mit einem ärmellosen Leibchen schaut nach einem Zug aus seiner Zigarette jedesmal auf die Spitze des rauchenden, immer kürzer werdenden Glimmstengels. Täglich an derselben Stelle verkauft ein Mann seine Plastikspringmäuse. Wenn Frauen in Begleitung von Kindern vorbeikommen, drückt er auf den Rücken einer sofort einen Meter hoch springenden und auf den Gehweg hinunterpurzelnden Maus. Die eingefaschten Fußstumpen des leprakranken Mannes, der wenige Meter vom Springmäuseverkäufer auf einer Sitzmatte hockt, sind schon wieder blutig. Einen Tag davor waren die Füße frisch verbunden, gelbe Salbe leuchtete durch die Mullbinde. Am vorderen Ende der Bambusstange, die der Blechdosensammler auf der Schulter trägt, hängen zwanzig, dreißig kleine nebeneinandergebundene und klappernde Dosen, hinter seinem Rücken hängen mehrere rechteckige, große Fünfliterdosen.

IM RISS EINER ZERBROCHENEN MARMORPLATTE, AUF DER FISCHE SKELETTIERT WERDEN, STECKEN ZWEI BRENNENDE, NACH JASMIN RIECHENDE RÄUCHERSTÄBCHEN. TAUSENDE FEUCHTE FISCHSCHUPPEN LIEGEN ZWISCHEN DEN FISCHEN UND AUF DEN NACKTEN ZEHEN DES DIE FISCHE ENTWEIDENDEN FISCHVERKÄUFERS.

»In den Gärten von Kalighat sind die Pfirsichbäume erblüht. Im Garten des Vizekönigs von Indien sammeln Diener mit grünen Turbanen die abgefallenen Blätter eines wohl verspäteten Herbstes. Ist es Herbst – oder Frühling? Ich muß mich nach dem Kalender richten und nicht nach dem, was ich sehe.«

EINE FRAU MIT SCHWEREN Gesichtsverbrennungen, einen blauen Sari tragend, lehnt unweit vom Ubahnabgang an einer Wand. Von der Stirn bis zu den Lippen hat sie vernarbte Brandstellen. Auch in der Haut der tiefliegenden Augenhöhlen sieht man noch die Brandwunden. Von der Nase ist nur ein kleines Stück übriggeblieben, deutlich sieht man die vernarbten Nasenlöcher. An den Zehen trägt sie ein paar versilberte Ringe, auf der Stirn einen roten Punkt, ihre Haare sind nach hinten frisiert, zu einem Knoten gebunden, umwickelt mit einer orangefarbenen Marygoldgirlande. Eine Frau in einem vornehmen Sari tippt mit einem Geldstück an ihren Unterarm und legt ihr eine Rupie in die Handschale. Der ruhige, eine vergoldete Uhr locker am linken Handgelenk tragende Geldwechsler mit schwarzgefärbtem Haar, graumeliertem Bart winkt mit einem druckfrischen Zehnrupienschein, als ihm ein Mann einen Fünfhunderterschein entgegenstreckt. Der Geldwechsler hat seine Bündel so eingeteilt, daß er dem Kunden die Zehnerscheine nicht einzeln vorzählen muß, sondern mit einem Griff das Wechselgeld überreichen kann. Das Münzgeld liegt in einem kleinen, schmuddeligen Plastiksäckchen. Mit einem Nudelwalker, einer langen, massiven Walze, die zum Ausrollen von Nudelteig verwendet wird, schlägt eine Frau vor der Fischhalle auf ihre plitschnassen, vom Waschpulver schaumigen Kleidungsstücke. Eine andere Frau schüttet sich aus einem Plastikkanister Wasser auf den Kopf und shampooniert ihr Haar ein.

In der Fischhalle skelettiert ein Mann mit einem gerippten, langen Messer einen großen Karpfen. Er legt den Fisch auf eine Marmorplatte, hebt die Kiemen an und kontrolliert die Frische des Fisches, schneidet mit dem Messer, das zur Hälfte gezackt ist und zur anderen Hälfte die Schärfe eines Rasiermessers hat, links und rechts, über der Hinterflosse beginnend, das Fleisch von der Wirbelsäule ab, dreht den Fisch um, trennt vorne die noch an der Wirbelsäule hängenden Fleischteile, hebt das Filet heraus und schiebt das noch mit Fleisch bespickte Fischskelett zu einem anderen Mann hin, der den Feinputz erledigt. Ein Junge hebt beim Abladen von Eisblöcken ein paar abgesplitterte Eisstücke auf und beginnt daran zu lutschen. Ein Mann zieht mit einem spitzen Eisenhaken einen schweren Eisblock vorbei, ein anderer geht, mehrere große Fische an den Flossen haltend, an ihm vorüber. Ein zehnjähriger Junge bricht mit einem spitzen Eisenstab einen Eisblock auseinander und zerschlägt mit einem Eisenrohr die eine Hälfte des Eisblocks zu Mus. Das zerkleinerte, rauchende Eis schaufelt er in einen Bastkorb und trägt es zu einem Fischstand. Von allen Seiten hört man das Zerschlagen von Eisblöcken. Immer wieder spritzen mir die Eissplitter ins Gesicht und auf mein Notizbuch. In Brusthöhe fliegen die Krähen vorüber. Ein junger Mann schüttet aus einer Holzkiste große dunkelgraue Scampi, entfleischt sie, sammelt das Fleisch in einen Plastiksack und wirft die leeren Hülsen mit den Fühlern und dem Kopf mit den weiß hervorstehenden Augen auf den Abfallhaufen. Zwei ältere Frauen und ein junges Mädchen holen mit geschickten Handbewegungen das Fleisch aus kleinen rosaroten Garnelen und werfen die Hülsen auf einen Haufen. Neben ihnen schlitzt ein Mann mit einem rasierklingenscharfen Messer die Bäuche kleiner Fische auf, er zieht die Eingeweide heraus und schneidet die Flossen ab. Ringsum hocken die Krähen und warten geduldig auf den richtigen Augenblick. Eine Krähe fliegt so nahe an mir vorbei, daß ich den Windzug an der Schläfe spüre. Ein Mann trägt eine mit blauer Plastikplane ausgelegte silberne Blechschüssel auf seinem Kopf, in der ein fast zwei Meter langer silbergrauer, spindelförmiger Thunfisch mit spitzkegeligem Kopf liegt. Ein Fischträger öffnet seinen Korb, faltet das Kunststofftuch auseinander, mit dem die Fische abgedeckt sind, steckt einen Finger ins Auge eines Fisches, einen anderen unter die Kiemen und hebt einen großen, schweren Fisch nach dem anderen auf eine mannsgroße, ovale Waagschale. Der Käufer hebt die Kiemen der Fische an, schüttet Wasser hinein, riecht an seinem Finger, hockt sich auf den Boden und steckt schließlich auch noch seine Nase zwischen die Kiemen.

Aus einem an ein Fahrrad montierten Transportkasten wirft ein Mann, auf dessen Leibchen »Kika« steht, große Karpfen in die Halle und zieht sie an den Rückenflossen zu einem Verkaufsstand hin. Ein schöner, immer wieder lachender Junge mit Mittelscheitel und auffallend rotviolettem Zahnfleisch, der mehrere versilberte und vergoldete Ringe an seinen Fingern trägt, faßt zwei große Karpfen am Unterkiefer, greift mit den Fingern in ihr Maul und schlichtet sie in einer Kiste zwischen Eisbrocken auf die anderen Fische. Danach legt er mehrere Karpfen auf die Marmorplatte und entschuppt sie mit einem spachtelartigen Gerät. Milchglastrüb sind die Augen der Fische, ihre Augenränder sind blutig. Kaum entfernt sich der die Fische entschuppende junge Mann ein paar Schritte, fliegen auch schon die Krähen heran und holen sich ein frisches Stück Fisch. Tausende talergroße, feuchte Fischschuppen liegen auf dem Boden zwischen den noch unpräparierten Fischen und auf den nackten Zehen des jungen Mannes. Schwerfällig, mit einer großen Beute im Maul, fliegt eine Krähe an mir vorbei, setzt sich zum Auffressen des Fleisches aufs Fensterbrett. Die Stromleitungen schwingen, wenn sich die schreienden Krähen auf die Drähte setzen oder wenn sie von den Drähten abheben und auf einen Verkaufsstand zufliegen. Ununterbrochen hört man das Zerstampfen und Zerhacken von Eis, die Schreie der Krähen, das Knacken der Scampihülsen unter den Fußsohlen vorbeigehender Leute, Geräusche des Messerwetzens, Läuten von Handys. Eine Krähe rutscht auf dem nassen, von Fischeingeweiden verschmierten Marmortisch hin und her und pickt von den Fischwirbelsäulen, an denen noch die Fischköpfe hängen, die Fleischreste herunter. Zwei Männer schieben einen mit Scampiresten überfüllten, großen Eisenwagen über eine Schwelle aus der Halle. Links und rechts rutschen die Scampihülsen aus dem Wagen auf der Boden. Auf einem über einen Meter langen Thunfisch steht, den Kopf immer wieder hin- und herdrehend, eine Krähe. In einen blutverschmierten Korb füllt eine Frau Fischgräten und Fischhäute. Eine andere, alte, hagere Frau mit Eissplittern im Gesicht macht sich über die Fischeingeweide her und klaubt, Stück für Stück kontrollierend, die Fischhäute zusammen. Ein Mann sammelt die aufgehäuften Fischschuppen in ein Säckchen hinein. Aus einem Haufen Abfälle zieht eine Frau eine Fischhaut, rollt sie zusammen und steckt sie in einen blutverschmierten Plastiksack. Aus einer Einkaufstasche schauen Fischköpfe mit den dranhängenden Wirbelsäulen heraus. Auch bei den Fischabfällen tummeln sich, immer wieder aufschauend, die Krähen mit ihrem schwarzvioletten Gefieder, versuchen einander den Fraß streitig zu machen, hacken sich gegenseitig ihre spitzen Schnäbel in die Schädel und versuchen einander die Fischreste aus den Schnäbeln zu reißen. Ein Hund mit einer Fischhaut im Maul läuft vorbei. Ein anderer, hinkender schwarzer Hund stellt sich vor einen Abfallhaufen und zerbeißt vorsichtig die großen Fischwirbelsäulen, an denen noch Fleisch hängt. Abgetrennt sind die Krallen seines Hinkefußes. Seinen Kopf schüttelnd kaut er an einer langen, ihm aus dem Maul hängenden Fischhaut

Ein glatzköpfiger Mann, der ein rotweiß kariertes Tuch um seine Hüften trägt, schüttet sich nach getaner Arbeit einen Eimer Wasser über den Kopf, spült die Fischschuppen von seiner Haut und seift seine Arme und Beine ein. Im Riß einer zerbrochenen Marmorplatte, auf der Fische skelettiert werden, stecken zwei brennende, nach Jasmin riechende Räucherstäbchen. Abseits davon liegt zu meinem Schrecken, den Kopf herrisch erhoben, ein schwarzer Hund mit hechelnd heraushängender roter Zunge, die Vorderpfoten nebeneinander vorgestreckt. Eine orange angemalte Glühbirne beleuchtet ein an einer Säule hängendes Heiligenbild, das mit weinroten Hibiskusblüten und orangefarbenen Marygoldblüten umkränzt ist. Eine Krähe läuft auf der Marmorplatte zwischen ausgestreuten Rosenblättern und den in dem Riß steckenden brennenden Räucherstäbchen umher und pickt die Fischreste auf. Bei einem anderen Stand, wo die Arbeit ebenfalls beendet ist und die langen Fischmesser gewaschen nebeneinanderliegen, hält ein Mann ein brennendes, nach Sandelholz riechendes Räucherstäbchen in die Höhe und spricht ehrfürchtig auf Bengali ein Gebet. Mit einem zusammengedrehten, brennenden Bündel Papier berührt ein Dankgebete sprechender Mann die vier Ecken der Marmorplatte, auf der er die Fische ausgeweidet hat, und streicht rituell mit der orangeroten Flamme über den Arbeitstisch. Über dem Verkaufsstand steht auf einer Säule in einem Kästchen der mit orangefarbenen Marygoldblumen umkränzte Elefantengott Ganesha. Die Fischhalle des New Market verlassend, kommt mir im Nieselregen auf der Straße ein Mann entgegen, der auf seinem Kopf, festgehalten mit der linken Hand, zwei Blumensträuße trägt. Mit der anderen Hand hält er den Regenschirm. Wohl zwanzig Hühner hängen mit den Köpfen nach unten von der Querstange eines Fahrrads. Jedesmal, wenn der Fahrradfahrer in die Pedale tritt, schleifen die Federn und Flügel der immer wieder aufgackernden

Hühner über seine Oberschenkel. Mit einer Machete schlägt eine Bäuerin, die jeden Tag vor demselben Geschäft ihre grünen Kokosnüsse verkauft, eine Kokosnuß auf. Am Eingang des Geschäfts weichen ein paar junge, auf den Stufen sitzende Männer zur Seite und bedeuten mir, daß ich aufpassen soll, damit mir keiner, der aus dem Geschäft tritt, die Glastür in den Rücken schlägt. Durch ein Plastikröhrchen, mein Notizbuch, auf dem eine Inderin am Ufer des Meeres abgebildet ist, die einen großen Thunfisch auf ihrem Kopf trägt, unter den Arm geklemmt, ziehe ich das Fruchtwasser der Kokosnuß aus der mit einer Machete aufgehackten Öffnung.

ZWEI KLEINE GESCHWISTER FALTEN IHRE HÄNDE ZUM GEBET, SCHLIESSEN IHRE AUGEN UND BEISSEN DIE ZÄHNE ZUSAMMEN, WÄHREND DER HENKER MIT EINEM HIEB DAS SCHWARZE ZICKLEIN KÖPFT. EIN MANN ZERSCHLÄGT EINE BRAUNE KOKOSNUSS UND TRÄUFELT, GEBETE MURMELND, DIE HERAUSRINNENDE KOKOSMILCH AUFS BLUTIGE SCHAFOTT.

»Durga, Uma, Kali – die Göttin hat Dutzende Namen, Gesichter, Aspekte. Die fünfzig Schädel symbolisieren gleichzeitig die Grausamkeit ihrer Rituale und das mystische Alphabet ihrer geheimen Kulte. Sie wird auf furchteinflößende Weise dargestellt, fast nackt, blutbespritzt, mit dem Fuß auf den Dämon tretend und den Tanz des Todes und der Schöpfung tanzend, wobei das Kollier aus Schädeln an ihrem entfesselten Leib baumelt.«

AUF DEM WEG zum Kalighat-Tempel aus dem Fenster des gelben Taxis schauend, sehe ich einen Mann auf dem Fahrrad, an dessen Gepäcksträger links und rechts mehrere große grüne Kokosnüsse hängen, die er unterwegs zum Kauf anbietet. Der Kokosnußverkäufer ist ebenfalls auf dem Weg zum Tempel, wo für das Glück und Wohlergehen der Familien jeden Samstag der schwarzen, dreiäugigen Göttin Kali, die eine Kette mit Totenköpfen um den Hals trägt und mit herausgestreckter Zunge tanzend auf Leichen dargestellt wird, zwanzig, dreißig Zicklein geopfert werden. Beim ersten Eintreten in den Opferraum sehe ich ein schwarzes Zicklein mit einem Hibiskuskranz um den Hals, einen orangefarbenen Punkt auf der Stirn, orangegefärbte Ohren, das von einem Mann mit Brunnenwasser gewaschen, grob an den Hinterläufen gepackt, mit dem Kopf voran aufs Schafott gelegt, mit einem gebogenen Eisenstab in der Körpermitte fixiert und unter dem Trommelwirbel eines abseits mit Holzschlegeln vor einer Trommel sitzenden Mannes mit dem einzigen Hieb einer Machete geköpft wird. Der Henker schleudert den kopflosen Körper des Zickleins zum Brunnen, der Kadaver zittert und strampelt noch eine Zeitlang mit den Beinen. Er hebt den schwarzen, blutbeschmierten Kopf, dessen Augenlider und Ohren sich noch ein paar Sekunden bewegen, vom Boden auf, berührt mit seinem Zeigefinger den blutenden Hals des hingerichteten Tieres und drückt einem betenden Pilger den roten Punkt auf die Stirn. Danach zupft er blutverschmierte Haare vom Fell und reicht das Büschel einem anderen Pilger, einem der »Kalika« genannten Verehrer der Göttin Kali.

Zwei Kleinkinder, ein Mädchen und ein Junge, verabschieden sich in Begleitung ihrer Eltern und eines zahnlosen Priesters von ihrem Zicklein. Der Junge berührt das Tier liebevoll an der Schnauze und streichelt sein Gesicht. Auch der Priester berührt, ein paar Worte murmelnd, den Kopf des Tieres. Während die beiden Kinder langsam hinter dem Zicklein hergehen, das in den Opferungsbereich geführt wird, reißt der Henker dem Tier grob den weinroten Hibiskuskranz vom Hals, packt das Zicklein an den Vorderbeinen und legt es aufs Schafott. Die beiden Kinder falten die Hände zum Gebet, schließen ihre Augen und beißen die Zähne zusammen. Der Schlag des Henkers ist so heftig, daß das Blut des Zickleins ringsum spritzt, auf mein Gesicht, auf meine Hände und auf mein Notizbuch, auf dem ein auf dem Boden liegender, aschebeschmierter, völlig verkrüppelter Sadhu mit gekreuzten Beinen abgebildet ist, dem ein grüner Papagei eine Münze in den Mund steckt. Mit Mineralwasser entferne ich Blutflecken des getöteten Zickleins von den Augengläsern. Der Henker zerlegt mit schnellen Handbewegungen das geköpfte Tier, schlägt die Fleischteile ins nasse, blutige schwarze Fell, wirft die vier Enden der Haut übereinander und überreicht das Päckchen dem Vater der beiden traurigen Kinder, die Hand in Hand, mit dem Blut des Zickleins auf ihren bloßen Füßen, den sakralen Raum verlassen. Ein Hund kaut an einem schwarzen Zickleinohr, hat aber Mühe, es zu schlucken und spuckt es wieder aus. Zwischen den an schwarzen, haarigen Ohren knabbernden Hunden hüpfen, Fleischreste suchend, mehrere Krähen. Noch rauchende, nach Zimt riechende Räucherstäbchen, aufgebrochene kleine, braunbehaarte Kokosnüsse, brennende und ausgelöschte Kerzenstummel, zerfledderte Hibiskuskränze und dünne Hanfstricke, mit denen die Zicklein zum Schafott gezogen werden, liegen im Sakralraum in den Blutlachen. Ein Mann zerschlägt eine braune Kokosnuß und träufelt die herausrinnende Milch aufs blutige Schafott. Eine Frau schiebt ihren Kopf zwischen die Eisengabeln, zwischen die der Kopf des Zickleins gesteckt wird, und streicht sich das noch warme Blut ins Haar. Ein Japaner berührt die Blutlache und drückt den Stempel seines blutigen Zeigefingers in sein Notizbuch. Eine Mutter tippt ihre blutige Zeigefingerspitze auf Stirn und Hals ihres Kleinkinds. Pilger beschmieren Hibiskusblütenkränze mit dem vergossenen Blut. Ein weißer Hund schläft auf dem schmutzigen orangefarbenen Marmorboden, ein anderer schnüffelt in den Blutlachen herum, leckt daran, sucht sich ein paar Fleischfetzen und abgesplitterte Knochenstükke. Die heraushängende, hechelnde Zunge eines Hundes ist blutbefleckt. Eine ältere Frau legt sich laut betend auf die auf dem Boden liegenden, blutbeschmierten Hibiskusblütenkränze, bewegt sich, auf dem Boden weiterkriechend, wurmartig nach vorn, bis sie an der Hinrichtungsstelle ankommt. Sie steckt ihren Kopf zwischen die Eisengabeln des Schafotts und beschmiert ihre Augen und ihren Mund mit dem Blut des hingerichteten Zickleins, das die beiden Kinder opfern mußten.

Ein Priester träufelt dem nächsten Zicklein, das geopfert werden soll, orangegefärbte Reiskörner auf den Kopf und flüstert ihm einen Satz ins Ohr. Der ungeduldige Henker faßt das Tier am Rückenfell und an den Beinen. Er hat Mühe, das traurig jammernde, sich krümmende und strampelnde Zicklein aufs Schafott zu legen. Ein zehn Sekunden langer Trommelwirbel, dann hört man das Knacken des durchtrennten Halses. Den Kadaver schleudert der Henker besonders energisch in eine Ecke des Altarraums. Der kopflose Körper schwimmt im eigenen Blut und in den Blutresten der anderen Tiere. Maul und Nüstern des abgeschlagenen Kopfes bewegen sich noch ein paar Sekunden, dann erstarren auch die weitgeöffneten Augen des Tiers. »Polosport« steht auf dem weißen Streifen des roten, ärmellosen Leibchens des dicken, verschwitzten Henkers, der schwarze, nach hinten frisierte, über die Schultern hängende schmierige Haare trägt. Um seine muskulösen Oberarme trägt er ein rotes Band, um die nackte Hüfte ein weißes, blutbeflecktes Leintuch. Die geköpften Tiere werden von den Henkersleuten zerlegt, das Fleisch wird auf großen grünen Blättern zum Verkauf angeboten. Schwarze, zerknüllte, nasse und blutige Häute liegen haufenweise auf dem Boden. Zwei Schächter streiten sich um ein paar Rupien, fünf Hunde machen sich über die Kadaverreste her, einer nagt am blutigen schwarzen Ohr eines geköpften Zickleins. Mit einem löchrigen, durchgerosteten Eimer und einem Stück Blech sammelt ein Mann die beim Tötungsritual verwendeten weinroten Hibiskusblütenkränze auf und wirft sie in den rostigen Müllkarren mit den großen Eisenrädern. Verkrüppelt sind die Hände des Süßholzstäbchen verkaufenden Mannes, seine Fingernägel sind rotgestrichen. Immer wieder hält ein anderer Mann seine mit feinem Zwirn zu einem Kranz gebundenen Hibiskusblütenkränze in die Höhe und bietet sie, laut rufend, den Pilgern und Verehrern der Göttin Kali zum Kauf an. Der Henker mit dem Polosport-Leibchen säubert unter einem laufenden Wasserstrahl Magen und Eingeweide eines ausgenommenen Zickleins, stülpt die Darmöffnung aufs Brunnenrohr, läßt Wasser hineinlaufen, bis am anderen Ende des aufgeschwemmten Darms das Wasser in weitem Bogen herausspritzt. Den gesäuberten Darm legt er wie ein Tuch zusammen, einen schwarzen, auf dem Boden liegenden Hoden eines getöteten Zickleins stößt er mit dem Fuß zur Seite. Er greift ins Hirn des blutenden Tierschädels und drückt dem Besitzer des Zickleins, der das Tier für die Göttin geopfert hat, mit seinem Zeigefinger die klebengebliebene, blutige Hirnmasse auf den orangefarbenen

Punkt seiner Stirn. Der Schrein, in dem der alte, gebrechliche, sich am Klöppel einer schweren Glocke festhaltende, Gebete sprechende Priester aufhält, ist umkränzt mit weinroten Hibiskusblütenkränzen. Rund um die glosende Feuerstelle im Schrein liegt ein großer Kranz mit gelben Tagetesblüten. Der Priester berührt die warme Asche und betupft die Stirn vorübergehender Pilger.

Wieder hockt sich ein Priester vor einem Zicklein nieder und schmiert ihm betend Farbe auf die Stirn. Eine Frau zieht das rechte Ohr des Zickleins in die Höhe und flüstert ihm ein Gebet in die Ohrmuschel. Der Henker faßt das neugeborene, nur wenige Kilo schwere, jämmerlich vor Todesangst meckernde und zitternde Zicklein mit den orangebeschmierten Hörnern, das kaum auf den Beinen stehen kann, mit einer Hand am Nackenfell und legt es aufs Schafott. Das aus dem Hals plätschernde Blut läuft in eine Opferschale, bis es über den Rand des Gefäßes rinnt. Ein Japaner steckt seinen Zeigefinger ins schaumige Blut und betupft seine Stirn. Der Henker bindet das geköpfte Tier an eine Säule, zieht ihm mit mehreren schnellen Schnitten die Haut vom Leib, breitet das Fell auf dem blutigen, orangefarbenen Marmorboden aus, wirft die aufgehackten Fleischteile auf die weiße, feuchte Innenseite der Haut, packt das Fell zusammen und übergibt das Fleisch dem Besitzer des Zickleins, das der als »Prasad«, als gesegnete Speise, mit nach Hause nimmt. Der ein gelbes Stirnband tragende Sadhu mit schütterem weißem Bart, der ein orangefarbenes Tuch um seinen Körper gebunden hat, hält eine mit Hibiskusblüten gefüllte Kokosnußschale in der Hand und spricht alle vorübergehenden Pilger an. Die Rupiemünze, die eine Frau in die Schale legt, sinkt zwischen die weinroten Hibiskusblütenblätter, der Sadhu bedankt sich, nimmt die angesammelten Münzen aus der Schale und steckt sie weg. Mehrere nasse Hibiskusblütenblätter bleiben an seinen Fingern kleben.

AM NEW MARKET STEHEN ZWEI
WEISSE HÄHNE IN EINEM KORB MIT
SICHELFÖRMIGEM SCHWANZ, ROTGEZACKTEN,
DURCHSCHEINENDEN, IN DIE HÖHE
STEHENDEN KÄMMEN, DIE BEI JEDER
BEWEGUNG GUMMIARTIG ZUR SEITE
KIPPEN. RUNDUM SIND DIE BRENNENDEN
GLÜHBIRNEN MIT SILBERPAPIER UMMANTELT,
DAMIT DAS LICHT KONZENTRIERT AUF DIE
AUFGESTAPELTEN PAPAYAS, MANGOS UND AUF
DIE FRÜCHTE DER ANANAS AUS KERALA FÄLLT.

»Ein ausgehungerter Mensch bettelt am Straßenrand. Seine dumpfen Schreie klangen wie das Winseln eines im Todeskampf liegenden Hundes. Als er sich niederbeugte, um das Geld aufzusammeln, das ich ihm zugeworfen hatte, knirschten seine Knochen wie die eines Skeletts.«

AUS ZWEI PLASTIKBEHÄLTERN schöpft ein Mann mit einer Holzkelle Wasser, schüttet es auf seinen nackten Oberkörper, unter seine Achseln und öffnet seinen weißrot karierten Lendenschurz. Schweißtropfen stehen auf der Stirn und auf dem nackten, schwarzbehaarten Bauch eines jungen Bananenträgers, der in seinem Verkaufsverschlag mehrere dicke grüne Äste mit wohl hundert noch grünen Bananen vorsichtig übereinanderstapelt. Links und rechts von einem Stand, an dem ein junger Mann grüngelbe Orangen verkauft und mit der Drehkurbel einer Maschine den Saft der aufgeschnittenen Orangen auspreßt, hängen zur Zierde zwei große, ovale Ananas aus Kerala mit ihren steifen, hochstehenden, gummiartigen Blättern. Der Kokosnußverkäufer sitzt mit nacktem Oberkörper vor der Waage seines »Coconut Shop« und klopft mit seinen Fingern auf die braunen Kokosnüsse, um zu prüfen, ob sich noch Milch in den Früchten befindet. Zwei große Jutesäcke voll Ingwerwurzeln stehen links und rechts vom Verkaufsstand eines Mannes, der weiße Schalen von einem Haufen vor seinen Füßen liegenden Knoblauchs rupft. Ein Moslem mit langem, schwarz gefärbtem Bart lacht, als er bemerkt, daß ich ihn beim Beriechen eines Apfels beobachte. Er putzt den Apfel an seinem Kittel ab und beißt lachend ins Fruchtfleisch hinein. Wieder geht ein Mann mit einem schönen schwarzen Hahn vorbei. Der Kopf des Hahns hängt über dem Boden und pendelt hin und her. In einem Korb stehen größere weiße Hähne mit sichelförmigem Schwanz, schönen, roten, gezackten, durchscheinenden, in die Höhe stehenden Kämmen, die immer wieder gummiartig zur Seite kippen, wenn sich die Tiere bewegen. Zwischen den Schreien der Krähen hört man ab und zu das leise, zaghafte Gackern mehrerer unter einem großmaschigen Netz in einem Bastkorb hockender Hühner.

Ein schöner Junge mit schwarzen Augenrändern, der seinen Hals mit einem rotgelb karierten, zusammengedrehten Schal verdeckt, sitzt mit auseinandergespreizten Beinen da und stutzt die langen, überstehenden Nägel. »Hey Malik!« ruft der glatzköpfige Hühnerverkäufer mit dem kohlrabenschwarz gefärbten Oberlippenbärtchen dem seine Zehennägel manikürenden Jungen zu und reicht ihm ein Rechnungsbüchlein. Der Junge legt ein blaues Pauspapier zwischen zwei Blätter und schreibt eine Rechnung. Am Stand, an dem in großen Gläsern zuckerierte Mangos, Aprikosen und Papayas sowie Rosenwasserflaschen, Pistazien und Rosinen verkauft werden, hört man leise das vibrierende Geräusch eines an der Wand angebrachten runden, vergitterten Ventilators. Zettel für Zettel umblätternd und die Summen auf ein anderes Papier übertragend, tippt ein junger Mann die Tageseinnahmen in den Rechner, ein anderer liegt schlafend auf dem kalten Steinboden neben aufgehäuften grünen Orangen. Einen großen, breiten Bastkorb mit grünen, von einem Netz abgedeckten Orangen auf dem Kopf tragend, betritt ein Mann den Verkaufsladen. Gemeinsam heben sie, Träger und Verkäufer, den schwarzen Korb vom Kopf, der Schläfer springt auf, der Korb mit den grünen Orangen wird auf die Schlafstelle gestellt und das Netz geöffnet. Der Träger und die beiden Verkäufer schichten die grünen Orangen vorsichtig unter das Regal, auf dem grüne, ovale Ananas aus Kerala aneinandergereiht sind, auf den mit Jutesäcken ausgelegten Boden. Ein älterer, zaunlattendürrer, weißbärtiger, zahnloser Mann mit eingefallenen Wangen, der Chef des Früchteladens, sitzt ruhig, gelegentlich hustend, manchmal mit geschlossenen, manchmal mit offenen Augen neben mir in einem Plastiksessel und fächelt sich mit dem runden, steifen Werbeetikett einer Früchtefirma, auf dem eine große, durchgeschnittene Kiwi abgebildet ist, ständig Luft zu.

Ein Mann geht schlurfend zwischen dem Früchtestand und dem Verkaufsladen mit den in Gläser eingelegten zuckerierten Früchten vorbei, mit beiden Händen die mit den Köpfen nach unten hängenden, lebenden Hühner an den gelben Füßen festhaltend, die keinen Laut von sich geben, gefolgt von einem ebenfalls vorbeischlapfenden, eine Plastikkiste voll grüner Ananas auf dem Kopf tragenden Mann. Minutenlang, ohne einmal aufzuschauen, blickt ein vor den verschiedenfarbigen, im Neonlicht glänzenden Glasbehältern mit den zuckerierten Früchten auf seinem Hocker sitzender Mann in eine Bengali-Zeitung und macht sich ab und zu am Zeitungsrand Notizen. Er läßt sich von einem Mitarbeiter ein Glas mit Wasser füllen und reicht, nachdem er getrunken hat, das halbvolle Glas erneut seinem Diener, der es auf den breiten Deckel eines mit zuckerierten, eingelegten Papayas gefüllten Glases stellt, um sich ein paar Minuten später, gebieterisch seine Hand hebend und mit der Kinnspitze deutend, wieder das Glas Wasser reichen zu lassen. Er ist abweisend, arrogant, unfreundlich, bemüht, mir keinen Blick zu schenken, versucht mich augenscheinlich zu übergehen, um schließlich offenen Auges und wissenden Blicks, den er mit Kopfnicken auch noch bestätigt, auf den zwei, drei Meter neben mir ebenfalls auf einem Plastiksessel sitzenden alten, zahnlosen, immer wieder hustenden Mann mit den eingefallenen Wangen zu schauen, der mich im Plastiksessel an seinem Früchtestand duldet. Ein älterer, fast glatzköpfiger Moslem mit schwarzrötlich gefärbtem Bart, in froschgrüner und knöchellanger Kutte, bleibt vor mir stehen, schaut auf mein aufgeschlagenes Notizbuch, auf dem ein mit dem Rücken auf dem Boden liegender, völlig verkrüppelter Sadhu mit gekreuzten Beinen abgebildet ist, dem ein grüner Papagei eine Münze in den Mund steckt. Der glatzköpfige Moslem in der froschgrünen Kutte spricht auf Bengali mit dem immer wieder hustenden, zahnlosen Chef des Obststands und nimmt aus einem Holzkasten eine saftige rotgelbe, in die Papierschnitzel einer bengalischen Zeitung eingewickelte Williamsbirne, reißt den Stengel ab und beißt krachend hinein. Gegenüber dem Südfrüchte verkaufenden Moslem sitzt der Lottoscheinverkäufer neben seinem kleinen Koffer, in dem, von Gummiringen zusammengehalten, seine Losbündel liegen. Auf der Innenseite des hochgeklappten Kofferdeckels ist mit angerosteten, verbogenen Heftklammern das Bild eines heiligen Mannes befestigt, das er mit kleinen Kränzchen aus orangefarbenen Marygold- und mit stark duftenden Jasminblüten geschmückt hat.

Es ist Nachmittagsruhe, weit und breit sind keine Käufer mehr zu sehen, ab und zu hört man das Meckern eines Zickleins, das heute noch in Gnadenfrist lebt und erst morgen im Kalighat-Tempel zu Ehren der schwarzen, dreiäugigen Göttin Kali geköpft wird, die eine Kette mit Totenköpfen um den Hals trägt und mit herausgestreckter Zunge tanzend auf Leichen dargestellt wird. Man hört das Geräusch des vergitterten und mit staubigen Spinnweben behangenen runden Ventilators über den Glasbehältern mit den eingelegten Früchten, das gemächliche Vorbeischlapfen von Obstträgern, die Schreie der Krähen, die auf dem Dachgestänge der riesigen, unüberschaubaren Markthalle hocken. Wieder kommt ein Träger mit einem großen Korb grüner Orangen auf dem Kopf vorbei, schlüpft aus seinen Lederschlapfen, bevor er in den Laden hineingeht, hebt den Korb mit den Orangen mit Hilfe eines Verkäufers vom Kopf und knüpft das über den Berg Orangen gespannte Netz auf. Rundum sind die brennenden Glühbirnen mit Silberpapier ummantelt, damit das Licht nicht nach allen Seiten strahlt, sondern konzentriert auf die aufgestapelten Mangos, Papayas und auf die schlanken, ovalförmigen Ananas aus Kerala fällt.

Immer wieder schaue ich zu den auf dem obersten Regalbrett aufgestapelten, gelochten Papierschachteln mit den gelb aus den kleinen, runden Öffnungen leuchtenden pakistanischen Mangos hin.

Ein älterer, vor mir stehen bleibender und lachend auf mein Notizbuch schauender Moslem erinnert mich an den Dracula-Darsteller Christopher Lee, vor dem ich als jugendlicher Schulschwänzer und Kinogeher – die Filme im Apollokino in Villach am Ufer der Drau begannen schon um zehn Uhr vormittags – großen Respekt und Angst hatte, da er, so stellte ich es mir manchmal vor, in der Haut meines Vaters stecken, meinen Vater verkörpern könnte. Damals sah ich, anstatt in die Handelsschule zu gehen, »Die Schlangengrube und das Pendel« mit Karin Dor, Lex Barker und Christopher Lee, dem blutrünstigen Grafen Regula, der am Ende des Films wegen Mordes an vierzehn Jungfrauen von vier Gespannen in alle vier Himmelsrichtungen ziehender Pferde geviertelt wurde, und sehe jetzt, während ich immer noch auf dem New Market in Kalkutta am Obststand neben dem immer wieder hustenden, zahnlosen alten Mann mit den eingefallenen Wangen sitze, die Szene im Film vor mir, in der die junge Karin Dor in einem wenige Quadratmeter großen, zylinderförmigen Raum auf ein über einen Abgrund ragendes Brett gedrängt wird. Ein paar Meter unter ihr wälzen sich schwarze Schlangen über- und ineinander. Das Brett, auf dem die mehr und mehr in Panik geratene Frau steht, wird unter der Tür dieses Raums langsam, Zentimeter für Zentimeter, zurückgezogen, bis ihr vom Brett nur mehr wenige Zentimeter bleiben und sie, bereits auf Zehenspitzen stehend, zu schwanken beginnt und, bevor sie in den Kessel hinunter ins Schlangengewühl fällt, im letzten Moment vom sadistischen Grafen Regula aus dem Raum hinausgezogen wird, während im Keller ein rasierklingenscharfes, großes Pendel über dem gefesselt auf dem Boden liegenden Lex Barker bedrohlich von Minute zu Minute tiefer auf seinen Brustkorb hinuntersinkt.

EINE ÜBER UND ÜBER MIT MARYGOLDGIRLANDEN GESCHMÜCKTE, VERWIRRTE FRAU GEWÄHRT DEN PATIENTEN GNÄDIG EINLASS IN DIE HÜTTE DER GERMAN DOCTORS. DIE ÄRZTIN STECKT MIR DEN OHRBÜGEL EINES STETHOSKOPS IN DIE OHRMUSCHEL, IN DEM ICH DAS RÖCHELN UND PFEIFEN DER LUNGE EINES JUNGEN PATIENTEN HÖRE.

»Es wird dunkel. Die großen Mangobäume verlieren ihre Schatten. Die Wellen glätten sich. Furchteinflößende Stille. Die Swamis wandeln umher, meditieren. Sie alle tragen das Lächeln jener Menschen, die mit einem Bein schon ›drüben‹ stehen, die sehen, daß du dich auf einem Irrweg befindest, und dir helfen wollen.«

FRÜH AM MORGEN fahren Dorothea, die Praktikantin vom Max Mueller Bhavan, und ich – ausgestattet mit süßem Gebäck vom jüdischen Bäcker »Nahum« vom New Market - mit einem Taxi über den Hochwasser führenden Hooughli zu einem Krankenhaus. Dorothea erzählt, daß sie dieser Tage bei Monsun von ihrer Wohnung zur Arbeit gegangen sei und ihr, durch die überfluteten Straßen watend, das Wasser bis zu den Hüften gereicht habe. Wir besuchen eine Ärztin aus Heidelberg, die in ihrem Urlaub mit anderen Kollegen bei den »German Doctors« in den Slums von Kalkutta arbeitet. Die Ärztin zeigt uns ihre einfache Behausung im zweiten Stock eines Hauses, wo gerade ein paar andere deutsche Ärzte zum Frühstück sitzen. In einem Nebenraum liegen mehrere unterernährte Kleinkinder mit spindeldürren Beinen und eingefallenen kleinen Gesichtern in Gitterbetten. Das Taxi fährt hinter einem Rotkreuzwagen her, bis wir in den Slums ankommen, wo bereits, separiert in Zweierreihe, kranke Frauen und Männer auf die Ankunft der Ärzte warten. Die Kinder stehen in der Reihe der Frauen. Im Rotkreuzwagen werden die Patienten registriert, gewogen, auf Fieber geprüft, dann kommen sie der Reihe nach in eine offene Hütte, an deren Türschwelle eine ständig wirres Zeug redende, über und über mit orangefarbenen und gelben Marygoldgirlanden geschmückte Verrückte steht, die ihnen gnädig nacheinander Einlaß gewährt. Die Heidelberger Ärztin sagt über sich, daß ihre ehrenamtliche Arbeit hier eigentlich lächerlich, eine Art Selbstbefriedigung, ein Tropfen auf dem heißen Stein sei, wie sie es nennt, daß es eigentlich Aufgabe des Staates sei, für die Ärmsten der Armen zu sorgen, eines Staates, der es sich leisten könne, von Zeit zu Zeit eine halbe Million Soldaten an die Grenze zu Kaschmir zu schicken. Auf einen Teich hinter der Hütte deutend, meinte sie, daß es hier in den Slums viele Malariafälle gebe, vor allem wegen des stehenden, faulenden Wassers. Jeder vierte oder fünfte Patient habe Asthma, Lungenkrankheiten, verschleppte Erkältungen, fast alle litten unter Wurmbefall und bekämen chemische Entwurmungsmittel. Einer jungen, mageren Frau mit mehreren Kindern setzt sie eine Dreimonatsspritze, denn die meisten Männer, erklärt sie, verweigern Kondome. Hinter dem beigefarbenen Leinenvorhang wird ein Patient mit einer großen Geschwulst an den Hoden untersucht. Ein Junge deutet auf zwei große, eiternde Fleischwunden an seinem Fuß, die er sich angeblich beim Fußballspielen zugezogen hat. Eine junge Frau, bei der die Ärztin schon vor einiger Zeit eine offene Tuberkulose diagnostiziert hat, betritt, nachdem ihr die über und über mit Marygoldgirlanden geschmückte verwirrte Frau huldvoll Einlaß in die Ordinationshütte gewährt hat, mit grünem Mundschutz den Holzverschlag. Die Heidelberger Ärztin bezweifelt mir gegenüber, daß diese Frau den Mundschutz tatsächlich ständig trage. Ein Mädchen verzieht ihr Gesicht vor Schmerz erst, als die Ärztin die Injektionsnadel aus ihrem Oberarm zieht. Diese steckt mir den Ohrbügel eines Stethoskops in die Ohrmuscheln, in dem ich das Röcheln und Pfeifen der Lunge eines jungen männlichen Patienten höre. Immer wieder schlichtet eine Aufsichtsperson, bevor die Patienten im Rotkreuzwagen gewogen werden, Streit zwischen zankenden und einander beschimpfenden Patienten. Unter ihnen befinden sich auch ein paar vierzehn-, fünfzehnjährige Mädchen mit Kleinkindern auf ihren Armen.

Zwischendurch verlasse ich die Krankenstation immer wieder, gehe in die engen, feuchten und nassen Gassen der Slums und schaue in die Lehmhütten hinein. In manchen Hütten stehen Betten, in anderen liegen bloß Matten auf dem feuchten Lehmboden. In den meisten Hütten läuft ununterbrochen ein kleiner Farbfernseher. Auf einem Häufchen glühender, mit Aschepelz bedeckter Holzkohle steht ein kleiner Topf mit ein paar ungeschälten Erdäpfeln im kochenden Wasser. Eine Fischhaut liegt auf einem Haufen roter Zwiebelschalen. Ein Mann entbündelt einen Stoß Fischwirbelsäulen, an denen noch die Fischköpfe hängen, und steckt sie in einen Topf mit kochendem Wasser. Eine vor der offenen Feuerstelle hockende Frau wendet die gelben, in einer Pfanne mit Öl und Knoblauch brutzelnden Hühnerkrallen. In einem Korb, unter einem Netz, hocken mehrere junge Gänse neben einem mit gequollenem Getreide gefüllten Trog. Braune und schwarzweiß gefleckte Ziegen liegen mit regennassem Fell vor den Hütten. Männer säubern sich an einem Wassertrog und seifen sich mit einer indischen grünen Chandrika-Seife ein, schütten sich Wasser über den Kopf, lächeln und fragen, woher ich komme, reichen die Seife weiter. Frauen hocken mit plitschnassen, an ihrer Haut klebenden Saris daneben und waschen ihre Kleinkinder. Ein zehnjähriger Junge schiebt einen in einem Rollstuhl mit Handantrieb sitzenden alten Mann durch die engen, erdigen und glitschigen Gassen. Beide schützen sich mit einem Plastiksack auf dem Kopf vor dem Nieselregen. Kleinwüchsige Hühner irren zwischen den Hütten herum, auch ein paar Hunde, Enten und mit ihren Schnauzen im Müll wühlende Schweine, auf deren Rücken sich Krähen festkrallen. Ein auf einen Hügel laufendes Schwein versucht ständig, eine lästige, in seine Haut pickende Krähe abzuschütteln. Die Krähe hält sich hartnäckig am Rücken des Schweins fest und pickt die Parasiten aus dessen Haut. Hinter den Lehmhütten fahren, manchmal schnell, manchmal langsam, Züge, vollgestopft mit Menschen, am faulenden Wasser des großen Teichs vorbei. Unzählige Männer stehen in den offenen Türen der fahrenden Züge und halten sich am Gestänge fest.

AUF MEHREREN GROSSEN, MIT
EINEM VIOLETTEN FLEISCHSTEMPEL
VERSEHENEN RINDERHÄLFTEN KLEBEN
BLATTSILBERBLÄTTER. EIN SIEBZEHNJÄHRIGER
JUNGE MIT NACKTEM OBERKÖRPER, DEM
SCHWEISSTROPFEN VON DER KINNSPITZE
FALLEN, GEHT MIT EINEM DICKEN, SCHWEREN
AST VOLLER GRÜNER BANANEN AUF DEN
SÜDFRÜCHTESTAND ZU.

»Einige Tage sind vergangen. Wieder gehen die Mädchen nicht in die Schule. Diesmal feiern die Hindus den Frühling. Es ist Holi. Am Morgen haben Tausende von Bengalen ihre Gesichter mit rotem, purpur- und orangefarbenem Puder geschminkt. Künstliche Blutspuren auf den weißen Gewändern. Manche haben vielfarbige Kleider angezogen, andere haben ihre Stirn mit einer dicken Schicht grünen Pulvers bestrichen.«

MITTEN AM VORMITTAG mein Zimmer im Hotel *Bengali Club* verlassend, sehe ich, als ich über die Stiege hinuntergehe und mich noch einmal umdrehe, daß die beiden Diener, die den ganzen Tag über vor meinem Zimmer sitzen und Aufträge vom Büro nebenan erwarten, Hand in Hand an der obersten Treppenstufe stehen und mir nachschauen, wie ich die geschlungene, mit einem roten, groben Teppich ausgelegte Treppe weiter hinunter- und schließlich auf die Straße hinausgehe mit meinem Notizbuch in der Hand, auf dem ein mit dem Rücken auf dem Boden liegender, aschebeschmierter, völlig verkrüppelter Sadhu mit gekreuzten Beinen abgebildet ist, dem ein grüner Papagei eine Münze in den Mund steckt. Ein vielleicht fünfunddreißigjähriger Mann hockt sich in der Nähe des Hotels bei einem kleinen Eisladen vor einem Abfallkorb nieder und holt sich einen Stapel nicht ganz ausgeleerter Eisbecher heraus. Der Verkäufer verjagt ihn, aber der Mann geht lachend ein paar Meter mit seiner Beute zur Seite und macht sich kichernd über die Reste des Speiseeises her. Ein junger Mann verkauft am Straßenrand ausschließlich Herrensocken mit aufgedruckter englischer Fahne. Ein völlig verwahrloster, bärtiger Mann mit einem dicken Balg um seine Hüften, den er nur notdürftig verschnürt hat und den er immer wieder festhalten muß, damit er nicht über seine Oberschenkel hinunterrutscht, sammelt am Straßenrand Plastikabfälle auf. Er bettelt nicht, blickt niemanden an, schaut nur auf den Boden und kümmert sich um den Plastikabfall. Auf einer Rikscha, die von einem bloßfüßigen Mann gezogen wird, sitzt ein vornehmer, weißgekleideter, eine vergoldete Mütze auf seinem Kopf tragender Moslem mit rotgefärbtem Bart. Wieder auf dem Weg zum New Market – es ist heiß und schwül, kein Tropfen Regen fällt, obwohl Monsunzeit ist –, setze ich mich an der Park Street auf einen Stoß aufgestapelter Ziegel und lehne mich an das schwarzgestrichene Gitter, mit dem das »Indian Museum« eingezäunt ist. Mein Gastgeber ist diesmal ein Handleser, der einen Bindi, einen rot aufgemalten Punkt auf der Stirn zwischen den Augenbrauen trägt und mir einen Sitzplatz anbietet. Er verkauft billigen Schmuck und Edelsteine, wischt immer wieder mit einem zusammengeknüllten Tuch den Schweiß von seiner Stirn. Auf mehreren Glückshufeisen liegen orangefarbene Marygoldgirlanden. Auf dem breiten, bettgroßen Podest, auf dem der Handleser sitzt, steht ein kleiner grüngestrichener Vogelkäfig, in dem, von Gitterstäben getrennt, zankend zwei grüne Papageien hocken. Am Käfig lehnt ein Bild mit dem Affengott Hanuman, das mit einer gelben Marygoldgirlande geschmückt ist. Obwohl in der Park Street der Verkehrslärm so laut ist, daß man in dem allgemeinen Verkehrsstrom kein einzelnes, vorüberfahrendes Auto unterscheiden kann, hört man immer wieder die Schreie der auf den Ästen der Bäume und auf den Verkaufshütten am Straßenrand hockenden Krähen. Wenige Schritte vom Gebäude der »Bible Society of India« entfernt – neben der Eingangstür ist ein großes blaues Kreuz auf die Wand gemalt –, sehe ich wieder den dürren, auf seiner grünen Plastikplane auf dem Bauch liegenden Mann, der ununterbrochen bettelnd und Gebete murmelnd mitleiderregend mit seinem spitzen, dünnen Oberarmstumpf zitternd auf die Plastikplane klopft, die an den vier Ecken mit Ziegeln fixiert ist. Links und rechts auf seinem Brustkorb rinnen Schweißtropfen über die hervorstehenden Rippen.

Vom Zentralpunkt des überdachten New Market aus, an dem sich ein kleiner Kinderspielplatz befindet, wo Mütter auf dem Boden hockend neben ihren mit Obst und Gemüse gefüllten Plastiksäcken warten, wenige Meter von der jüdischen Bäckerei »Nahum« entfernt, vor der ständig Bettler lungern, überquere ich wieder die Fleischergasse. Das Zerhacken der Knochen mischt sich mit den Schreien der Krähen. »Go fast, go fast«, schreit der dicke Fleischhauer, mich zwischen aufgestapelten Fleischbergen, Rinderschädeln mit heraushängender Zunge und abgeschlagenen Rinderbeinen durchwinkend, während ich den Zipfel meines heraushängenden Hemdes an meine Nasenflügel drücke. Im Gehen sehe ich zwischen den Fleischständen einen jungen Mann, der in einem Verschlag ein weißes Zicklein mit einer Milchflasche aufpäppelt, das wohl am kommenden Samstagvormittag auf dem Kalighat zu Ehren der Göttin Kali geköpft werden wird. Bettelnde Frauen, die von den Obstverkäufern verjagt werden, gehen mit schmutzigen Plastiksäcken zwischen den Fleischständen umher und sammeln herumliegende Knochen und Eingeweide ein. Auf dem Boden hockend sortiert vor einem großen Hühnerabfallhaufen eine Frau gelbe Hühnerbeine und ordnet sie nach ihrer Größe. Auf mehreren großen, mit einem violetten Fleischstempel versehenen Rinderhälften kleben große Stücke Blattsilber, was mich an die Süßigkeiten in Varanasi erinnert – »Kaju Katli«, indisches Marzipan, und Dhodha, eine Süßigkeit aus Milch, Honig und Pistazien –, die mit Blattsilber belegt sind. Als ich das Blattsilber auf einem großen Stück fasrigen Rindfleisch betrachte, ruft der Metzger wieder: »Go fast, go fast!« Ein schöner, siebzehnjähriger Junge mit nacktem Oberkörper und adrettem Haarschnitt, dem Schweißtropfen von der Kinnspitze fallen, geht mit einem dicken, schweren Ast voller grüner Bananen vorbei und trägt sie zu einem Stand. Eine Frau mit rotgefärbtem Mittelscheitel, einen schmutzigen Plastiksack tragend, kratzt in ihrem schütteren weißen Haar, als zerquetsche sie gleichzeitig Läuse, flüstert immer wieder bettelnd »Babu! Babu!« und geht weiter. Ein Mann bleibt vor

mir stehen und bietet mir seinen langstieligen, aus Hunderten
brauen Hühnerfedern bestehender Staubwedel an.

Kaum sehe ich einen jungen Mann mit einem lebenden, stummen Huhn, das er, den Kopf nach unten, die Flügel vor Angst gespreizt, den Schnabel weit geöffnet, an den Beinen hält, denke ich an den letzten Schrei eines Huhns auf meinem elterlichen Bauernhof. Die Schweine schlachteten der Vater, die Magd und der Knecht, die Hühner schlachtete ausschließlich die Mutter, immer alleine. Lange lag das blutige Schlachtmesser am Rande der Stallrinne. Meistens ließ sie das Blut des zuerst noch flatternden, dann nur mehr zitternden Huhns in die Stallrinne laufen, bis nur noch vereinzelt ein paar Blutstropfen aus dem aufgeschnittenen Hals traten. Der Vater ließ nur meine Geschwister den silbernen Schlachtschußapparat, der in einer Holzschatulle verborgen war, beim herzkranken Maurertone holen, niemals mich. Wenn sich dieser »Buffer«, wie er genannt wurde, in der Küche befand, war ich kaum ansprechbar, hielt mich immer, als müsse ich das Mordwerkzeug vor mir und vor den anderen schützen, in seiner Nähe auf, saß auf dem Diwan, starrte aus dem Fenster, auf die braune Holzschatulle oder auf die eingetopften Begonien und sah sie alle sterben nach meinem Amoklauf mit diesem Buffer, die Großeltern, den Knecht, die Magd, Vater und Mutter und die Geschwister, die Dorfleute und die Heiligenfiguren in der Kirche. Selbst die unzähligen mannsgroßen Kruzifixe auf dem Friedhof verschonte ich nicht. Im Herrgottswinkel hing ein Kreuz mit einem kleinen weißen Kunststoffjesus. Unter den genagelten Füßen des Gekreuzigten stand eine fünf Zentimeter hohe, bemalte Porzellanvase mit sich ringelnden, immer wieder anderen Blumenblüten und ein paar Zweigen *Jelängerjelieber*, abgebrochen von einer knorrigen, alten Staude, die links vom

Hauseingang sich bis in den ersten Stock hinaufrankte und mit ihrem starken, süßlichen Duft in warmen Julinächten die Schlafenden betörte.

In Begleitung ihrer Mutter geht ein halbwüchsiges Mädchen mit vorgestülpter Unterlippe, eine angefaulte Zitrone in der Hand, am Stand des Früchtehändlers vorbei, wo ich mit meinem aufgeschlagenen Notizbuch, auf dem ein auf dem Rükken am Boden liegender, aschebeschmierter, verkrüppelter Sadhu abgebildet ist, dem ein grüner Papagei eine Münze in den Mund steckt, auf einem Schemel sitze. Als eine Frau – zuerst kam sie bettelnd mit vier angefaulten Birnen auf mich zu – versucht, am Obststand zu stehlen, indem sie zuerst das herumliegende Papier auf die Früchte legt, unter das Papier greift, um die Früchte zu nehmen, wird sie vom Obsthändler verjagt. Dann ergattert sie einen dicken Bambusstock, mit dem sie, Schritt für Schritt auf den Boden stampfend, auf den immer wieder hustenden, dürren, zwischen den Orangenkisten sitzenden Mann mit den eingefallenen Wangen zugeht, von dem sie ebenfalls vertrieben wird. Ein ausgemergelter Wasserträger mit blutunterlaufenen Augen sitzt am Rande eines mit erdigem Wasser und Möhren gefüllten Bottichs und flickt seinen aus Ziegenhaut bestehenden Wassersack. Mehrere große Bastkörbe sind mit grünen Paprika gefüllt, an denen noch Erde klebt. Ein Mann schüttet aus einem Jutesack orangefarbene, kurzgewachsene, dicke Möhren in einen Bottich, steigt mit bloßen Füßen ins Holzfaß und säubert, ununterbrochen im Wasser auf die Möhren tretend, das erdige Gemüse. Ab und zu rutscht eine Möhre aus dem Bottich und fällt zu Boden. An den großen, mit engmaschigen Netzen überdeckten Körben, in denen Hunderte Hühner hocken, gehen störrisch, weitergedrängt von einem Jungen mit einem Stock, ein paar

Lämmer vorbei, die spüren, daß sie nichts mehr zu verlieren haben, denn das rote Farbkennzeichen auf ihrem Fell, die rote Markierung, sagt nichts anders, als daß es jetzt bald soweit ist. Eine Krähe landet auf einer über einen Marktstand gespannten, glatten Plastikplane, rutscht hin und her, ehe sie wieder Fuß fassen, sich erheben und auf einen Fleischwolf zu fliegen kann. Den New Market verlassend und auf die Straße hinaustretend, sehe ich eine alte Frau und eine jugendliche Mutter, die sich mit einem kaum einjährigen Kind vor ein Fernsehgerät setzen und auf einen breiten Farbbildschirm schauen, auf dem gerade Unterwasseraufnahmen gezeigt werden. Später, als das Geschäft geschlossen wird, richten sie vor dem vergitterten Schaufenster ihren Schlafplatz ein. Ein kleiner, vier, fünf Jahre alter, von den Eltern verlassener Junge gesellt sich nach einiger Zeit zu seiner Wahlfamilie und legt sich wortlos neben ihnen in gekrümmter Haltung auf einen Plastiksack. Als es finster wird und ich noch mit meiner Füllfeder und mit dem Notizbuch, auf dem ein mit dem Rücken auf dem Boden liegender und mit der Asche eines Toten beschmierter, junger, verkrüppelter Sadhu liegt, der sich von einem grünen Papagei eine Münze in den Mund stecken läßt, durch die Straße gehe, bleibe ich bei den Kokosnüsse verkaufenden Männern stehen, die auf dem Gehweg gegenüber einem Nobelcafé stehen, in dem ich in einer Vitrine auch kleine Sachertorten sehe. Mehrere Male zeigt mir einer der jungen Männer unter dem Licht einer Laterne seine großen grünen Kokosnüsse. Unweit davon steht ein kleiner, verschmutzter Junge mit einer einzigen Schachtel Kaugummis, die er den Passanten anbietet.

»Für die Hindus besitzen die Wasser des heiligen Flusses gerade bei Benares unglaubliche Heilkräfte. Vor jedem Feiertag sind die Felder und Straßen voll von Sterbenden, Leprösen, Alten und Bettlern, die kommen, um ihr erbarmungswürdiges Dasein auf den Marmortreppen eines Ghats zu beschließen. Diese weißen Treppen werden ständig von den Wellen des Flusses umspült.«

WÄHREND EINE INDISCHE FAMILIE die Stiege des vegetarischen Restaurants hinuntergeht, in dem ich oft zum Mittag- oder Abendessen eingekehrt bin, steckt das kleine Mädchen dem grinsenden, an der Eingangstür die Gäste begrüßenden Liliputaner einen Zehnrupienschein entgegen. Ihr Bruder winkt dem kleinwüchsigen Mann zu und ruft keck: »Bye-bye!« Der Liliputaner, der eine rotgoldene Radjastani-Uniform und einen roten Turban trägt, steckt den Geldschein in die Tasche und spricht zu einem taubstummen Mann, der die vor dem Restaurant stehenden roten Plastikstühle übereinanderstapelt. Als ihnen ein Bidi rauchender Plastikabfallsammler entgegenkommt, zeigt der Liliputaner spöttisch auf den verwahrlost aussehenden Mann und beginnt zu lachen, während der Taubstumme weiterhin, ohne sich nach dem Plastiksammler umzuschauen, die Stühle übereinanderstapelt. Man hat mir geraten, mich von dem Taxifahrer zum Bahnhof begleiten zu lassen, da es für mich alleine gefährlich sein könnte, aber ich habe den Fahrer, nachdem wir an einem Kokosnußstand aus großen grünen Kokosfrüchten die Milch mit einem Plastikröhrchen herausgeschlürft hatten, bald weggeschickt, denn ich war wie gelähmt, ich konnte meine Beobachtungen, als der Mann ständig vor mir herzottelte, gar die Richtung bestimmen wollte und mich auch noch auf Motive aufmerksam machte, nicht konzentriert genug aufschreiben. Immer wieder hört man über den Lautsprecher eine Frauenstimme abwechselnd auf Hindi und auf Bengali die Abfahrt und Ankunft der Züge bekanntgeben, kein Wort Englisch. Am Bahnsteig zwei geht ein Mann, der nur ein Tuch um seine Hüften gebunden hat und ein großes Bündel Stroh hält, an einem seine vollgefüllten Kannen balancierenden Milchmann und an einem Schuhputzer vorbei, der seinen hölzernen Werkzeugkasten am Griff gepackt hält und allen Passanten auf die Schuhe schaut. Der Schuhputzer bleibt vor mir stehen und fragt mehrere Male aufmunternd: »Polish?« Links und rechts an der Bambusstange, die der Milchmann über der Schulter trägt, sind zwei große, leicht schwankende Milchkannen festgebunden. Zwei Polizisten defilieren den Bahnsteig entlang, einer mit einem Gewehr, der andere mit einem Bambusstock. Sie bleiben neugierig vor einem jungen Mann stehen, der einen großen weißen Hahn mit offenem Schnabel unter seinen Arm klemmt. Ein schöner, bloßfüßiger, immer wieder schwer hustender, ein schmutziges, breit ausgeschnittenes Leibchen tragender Junge geht mit einem Papiersäckchen voller Nüsse den Bahnsteig entlang. Deutlich kann man seine schönen Brustwarzen sehen. Beim Husten streckt der lungenkranke Junge seine rosarote Zunge immer wieder weit heraus und spuckt Blut. An den Nüssen knabbernd schaut er den beiden Elektrikern zu, die auf einer Leiter stehen und an der Überdachung des Bahnsteigs Neonleuchten montieren, die schnell und laut knisternd aufzucken und Licht spenden. An einem an einer Säule montierten Glaskasten, auf dem »picture gallery« steht, schaut ein kleiner Junge, der mehrere aufgeblasene, aneinanderreibende Plastikpferdchen hält und den Passanten zum Kauf anbietet, einen Plastikhandschuhe tragenden Mann auf einem Farbfoto an, der mit einer Wasserspritzpistole eine Toilette reinigt. Mehrere grüne Pepperoni liegen auf einer mit Erdnüssen gefüllten Schale, die ein Mann auf seinem Kopf trägt. Mit dem Zipfel seines weißen Dhoti säubert ein Mann seelenruhig seine Augengläser. Der Schuhputzer, der es sich nicht nehmen läßt, mir auch noch in die Schuhe zu helfen, macht mich darauf aufmerksam, daß meine Schnürsenkel »catam« sind, ausgewechselt werden müssen. Schließlich bindet er auch noch die neuen Schuhbänder und verlangt mehr Geld, als wir vereinbart hatten. Immer wieder klopft er mit seiner Bürste rhythmisch auf das Trittbrett seines Schuhkastens, um die Vorbeigehenden auf seinen Stand aufmerksam zu machen. Mit seinen bloßen Fingern schmiert er die Paste auf die Schuhe eines eine schwarze Computertasche tragenden Mannes, während daneben ein Mann seinen mit silbernen Schließen für Hosengürtel gefüllten Koffer öffnet. Aus einem der Jutesäcke, die ein Arbeiter übereinanderstapelt, schauen grüne Okra heraus, Ladyfingers, wie sie in Indien auch genannt werden. Auf dem fahrbaren Glaskasten, in dem übereinandergestapelt geschälte Gurken neben einem Fäßchen Salz liegen, hängt eine orangefarbene Marygoldgirlande. Zwei brennende, nach Jasmin riechende Räucherstäbchen stecken in der hölzernen Umrahmung des Glaskastens. Die kleine Tochter sucht Läuse im struppigen Haar ihrer in gekrümmter Haltung auf dem Bahnsteig eins auf mehreren Jutesäcken liegenden jungen Mutter. Zwischendurch faßt das Mädchen spielerisch den lang hinunterhängenden Zopf ihrer Mutter und kitzelt damit das danebenhockende, schreiende und ständig mit den Beinen zappelnde Kleinkind am Kinn. Der vordere Blinde tastet sich auf dem Bahnsteig unmittelbar neben dem Gleis mit einem dünnen weißen Blindenstock vor, der hinter ihm gehende Blinde hat seine rechte Hand auf die Schulter des vorderen gelegt. Wohl um die hundert Kofferträger liegen am Ende des Bahnsteigs auf dem Boden und warten auf den Zug. Sie schlafen oder ruhen sich aus, hokken auf mannsgroßen Matten aus Jute, unterhalten sich oder rauchen eine Bidi. Die Lokomotive des langsam herankommenden »Vibhuti Express« ist mit orangefarbenen und gelben Marygoldgirlanden geschmückt. Ich steige mit meinem Rucksack, mit Notizbuch und Füllfeder und mit Kuchen vom jüdischen Bäcker »Nahum« vom New Market in den Zug ein und fahre über Durgapur und Patna in die heilige Stadt der Hindus, nach Varanasi.

»Ich erinnere mich an den Schock und den Ekel, die mir in Benares der Anblick einer bereits verstümmelten Säuglingsleiche einflößte, deren offene Bauchhöhle ein Hund seelenruhig ausweidete. Die Strömung hatte den kleinen Leichnam ans Ufer getrieben, oder vielleicht hatte man sich auch gar nicht erst die Mühe gemacht, ihn in der Flußmitte zu versenken, und nun lag er da im Schlamm, inmitten der Menge, die ihre rituellen Waschungen vornahm. Gleich daneben streuten Anbetende mit angedeuteten symbolischen Gesten, den sogenannten Mudras, Jasminblüten und Ringelblumen als Opfergaben für die heilige Mutter Ganga, die sekundenlang auf dem Wasser trieben ...«

Alexandra David-Néel, »Mein Indien«

Vier Bände der indischen Tagebücher Josef Winklers (»Kalkutta. Reisetagebücher«) sind faksimiliert in dem Verlag Bibliothek der Provinz erschienen. Die Zitate auf den Seiten 27, 38, 46, 52, 58, 64, 72, 80, 88, 94 und 102 stammen aus: Mircea Eliade, »Indisches Tagebuch. Reisenotizen 1928 – 1931«, aus dem Rumänischen übersetzt von Edward Kanterian, Eugen Diederichs Verlag, München 1996. – Im Jahr 1961 reiste Pier Paolo Pasolini mit Elsa Morante und Alberto Moravia nach Indien. Seine Impressionen beschreibt er in dem Buch »Indien« von Pier Paolo Pasolini und Andreas Altmann, übersetzt von Toni Kienlechner, Corso, Wiesbaden 2014. – Das Schlußzitat stammt aus: Alexandra David-Néel, »Mein Indien – Die abenteuerlichen Reisen einer ungewöhnlichen und mutigen Frau«, übersetzt von Liselotte Julius, Knaur, München 1993.

INHALT

Ein Strauß Zimtblumen
5

Der Stadtschreiber von Kalkutta
21